ISAURE

ET

DORIGNI.

je tombai, sans connaissance, aux pieds
de la Supérieure

ISAURE

ET

DORIGNI,

OU

LA RELIGIEUSE D'ALENÇON.

Histoire véritable

Par Madame L. V.....

Auteur de BETZI, etc. avec figures.

Prix 3 fr. 60 c. et 4 fr. 60, franc de port.

~~~~~~~~~~~~~~~

TOME PREMIER.

~~~~~~~~~~~~~~~

A PARIS,

Chez DUBONCET, libraire, quai de la
Grêve, N°. 34.

An XII - 1804.

ERRATA.

TOME PREMIER.

P. 49, L. 16. un chœur, *lisez* au chœur.

P. 53 L. 11. aveuglaient, *lisez* aveuglait.

P. 186, L. 6. cheveaux, *lisez* chevaux.

P. 202, L. 22. da mereme remettre, *lisez* de me remettre.

P. 188, *avant-dernière ligne.* procurer, *lisez* prouver.

P. 197, L. 9. heurex, *lisez* heureux.

AVANT-PROPOS.

Un ouvrage qui porte pour titre : *Histoire véritable*, n'inspire pas aujourd'hui plus de confiance, que celui qu'on offrirait au public sous le titre de roman fabuleux : cependant il me semble que le vrai doit inspirer plus d'intérêt et attacher davantage. Le récit des avantures de nos contemporains, a plus de mérite à nos yeux, que les fantômes que l'on fait errer dans les cavernes et les châteaux. On peut juger de la vérité des caractères et se rappeller facilement les circonstances de notre âge, qui ont fait naître les divers événemens arrivés aux personnages qui fixent pour un instant notre attention.

Tel auteur qui n'aurait osé tracer le cadre d'un roman, seul fruit de son imagination, offrira avec confiance au public le récit des avantures qu'il aura recueillies, et dont il aura été le témoin.

J'ai connu presque tous les personnages qui figurent dans mes ouvrages, sous des noms supposés. Si la fiction a été par fois nécessaire dans le cours de l'histoire, les faits sont véritables. *Betzi, ou l'infortunée Créole,* roman qui a paru, il y a trois ans, offre le récit fidèle des avantures d'une dame de mes amies. J'ai connu Mademoiselle de.... qui fut religieuse dans la ville d'Alençon, je l'ai revue, il y a quelques an-

nées, en passant par la Normandie ; et je tiens le récit de ses
malheurs , d'une dame de ses
amies à qui elle écrivait exactement. Cette personne est dési-
gnée sous le nom d'*Elvire*, dans
le cours de cet ouvrage. Isaure
n'est donc point un être idéal.
Beaucoup de personnes ont eu
connaissance de ses avantures
extraordinaires, et pourront reconnaître Mademoiselle de...dans
la Religieuse d'Alençon.

Tous mes personnages trouveront leur modèle. Les diverses
passions qui tyrannisent le cœur
humain sont développées dans
cet ouvrage ; les vertus aimables, qui font chérir l'existence et embélissent la destinée,
s'y trouvent aussi. Enfin on y

pourra reconnaître le tableau
fidèle des mœurs de la société.
Puisse cet ouvrage inspirer autant d'intérêt au lecteur, que
j'ai pris de plaisir à le rédiger;
et je m'applaudirai de l'avoir
mis au jour.

ISAURE

ET

DORIGNI,

OU LA

RELIGIEUSE D'ALENÇON.

———————◆———————

Ma félicité est extrême ; j'ai retrouvé l'amie que mon cœur s'était choisie ; l'aimable et douce compagne de mon enfance, celle qui reçut les premiers secrets d'un cœur oppressé par le malheur. . . . . Je vous ai revue, ma chère Elvire, après six ans d'absence ; je vous ai prodigué les tendres embrassemens de la plus constante amitié. Vous êtes la même qu'autrefois, mon Elvire ; vos sentimens n'ont été altérés, ni par l'éloignement, ni par les soupçons que vous auriez pu concevoir sur

A

ma négligence à me rappeler à vôtre
souvenir. Vous m'avez conservé le
même intérêt et vous m'avez fait goûter
de nouveau les charmes d'une précieuse intimité.

Vôtre court séjour chez moi, ne m'a
point permis de vous faire le récit des
nombreux évènemens qui me sont arrivés pendant le laps de tems qui s'est
écoulé depuis notre séparation. Je vous
ai promis de vous en adresser les détails;
il faut compter sur votre indulgence
pour remplir cette tâche; l'amitié seule
pouvait obtenir cet effort pénible. J'aurais besoin de l'éloquence touchante et
persuasive de ces auteurs dont les ouvrages, chefs-d'œuvres de l'esprit et
du cœur, font couler les douces larmes
de l'attendrissement. Pourquoi n'imite-
t-on pas aussi facilement que l'on admire? O sublime Richardson! sensible
Rousseau! et vous, charmant Dorat!
que n'ai-je vos pinceaux pour tracer à
mon Elvire, la peinture de mes infortunes passées!

Lorsque vous quittâtes le couvent de... j'étais dans le troisième mois de mon noviciat. L'ignorance dans laquelle on m'avait toujours laissée sur ceux à qui je devais le jour, et le secret impénétrable qui enveloppait ma naissance, avaient souvent troublé, comme vous le savez, la tranquillité des premières années de ma vie. Une imagination vive et une sensibilité extrême me fesaient exagérer le malheur de ne pouvoir exprimer, aux auteurs de mon être, les tendres sentimens qu'ils m'avaient inspirés. Quand vous me rendiez témoin des caresses de votre respectable mère, mon cœur souffrait d'être privé d'une si délicieuse satisfaction. Sans vous porter envie, je déposai plus d'uue fois, dans votre sein, ma douleur, mes larmes et mes regrets. J'éprouvais souvent aussi l'humiliante curiosité de mes compagnes, qui me regardaient comme un être abandonné, que devaient nécessairement atteindre les préjugés

A 2

d'une naissance illégitime. Mr. d'Héricourt qui habitait Paris, chargé des
soins de mon enfance, m'avait même
privé de sa vue, jusqu'à l'instant où
il vint m'annoncer la cruelle résolution
qu'il avait prise de me condamner à
une retraite perpétuelle, et à former
des vœux pour lesquels j'avais une
répugnance invincible. Envain je lui
adressai mes plaintes et lui fis mes
représentations; il fut aussi inexo-
rable dans sa volonté, que réservé
sur les détails que je lui demandais
sur ma naissance. Il me fit entendre
que je n'avais que lui pour appui;
qu'il s'était chargé de moi par pitié,
et que les frais de ma dot étaient les
derniers effets que je devais attendre
de sa bonté. Vivement affectée de cette
explication, qui me paraissait un reproche direct, mon cœur en fut blessé.
J'avais, comme vous le savez, une
fierté naturelle, que ma position ne
semblait point devoir autoriser, mais

qui fesait mon seul bien. Je préférai donc de m'immoler, à recevoir plus long-tems les secours d'un homme que je me trouvais si peu disposée à chérir, malgré les droits qu'il avait à ma reconnoissance.

Ma raison, décidée par l'éducation que j'avais reçue, me laissait apper- cevoir tous les désavantages de l'état que l'on me forçait d'embrasser. Les remarques que j'avais faites sur le caractère des compagnes avec les- quelles je devais passer ma vie, n'étaient point propres à me rassurer. Quelques unes d'entre elles, ver- tueuses et estimables, n'étaient pour- tant pas exemptes de prévention, et d'une sévérité qui annonçait la sécheresse de leur ame, et l'erreur où les avait conduites une dévotion mal entendue. D'autres, hélas! victimes de l'oppression de leurs parens, passaient, dans les larmes et les regrets, des jours comptés par la

A 3

douleur. Je devais éprouver le même
sort qu'elles, et j'eus le courage de
me sacrifier. Vous connaissiez si bien
ma façon de penser, ma chère Elvire,
que votre sensibilité et votre pitié
ne purent soutenir le triste spectacle
de ma prise d'habit. Au moment où
l'on me revêtit de ce voile funèbre,
qui mettait une barrière insurmontable
entre moi et ce monde que je regrettais,
sans le connaître, vos forces vous
abandonnèrent; et la preuve que
j'acquis, dans ce moment, de votre
affection pour moi, fut un baume
consolateur répandu dans le cœur de
l'infortunée Isaure.

La raison reprit enfin son empire.
Je m'appliquai aux devoirs qui
m'étaient prescrits. J'employai toutes
mes forces à vaincre ma répugnance,
et je commençais à jouir du prix de
de mes efforts, lorsque le hasard me
procura la connaissance du jeune Dorigny. Je jouissais d'un reste de liberté

qu'on ne me laissait, que pour exciter
ma reconnaissance, et parvenir plus
surement au but que l'on se proposait.
Il semblait que toutes les religieuses
se disputassent entr'elles le barbare
plaisir de séduire une jeune fille, et
de la faire tomber dans des pièges
qu'elles n'avaient pu elles-mêmes éviter. Ma nouvelle qualité de novice
devait me séparer des pensionnaires,
mes anciennes compagnes; il me fut
permis, par une faveur spéciale, de
continuer à les voir, jusqu'au moment
où j'aurais prononcé mes vœux. La
jeune Zoé, celle de toutes avec laquelle, après vous, j'étais le plus
intimement liée, m'entraîne un jour
au parloir où son frère l'attendait.
J'éprouvai, à son aspect, un trouble
qui m'avait été jusqu'alors inconnu.
J'avais souvent vu, à la grille, les
parens ou amis de nos compagnes.
Dans le nombre de ces visites, j'avais
remarqué des jeunes gens aimables,

dont la figure et les avantagés ne
m'avaient point frappée. Mais, à la
vue de Dorigni, je sentis pour lui
un intérêt si tendre, un desir si vif
de lui plaire, que j'en fus moi-même
effrayée. Souvent, j'avais ri aux dé-
pens des auteurs qui vantent cet effet
sympatique, premier coup d'œil de
l'amour; eh! bien je l'éprouvai. J'a-
vais, comme vous le savez, lu beaucoup de romans, malgré la défense
que l'on nous fesait de lire ces sortes
d'ouvrages qui, dit-on, gâtent le cœur
et l'esprit des femmes. Ils avaient
produit, sur le mien, un effet tout
différent. J'en avais saisi la morale.
J'avais reconnu, que l'amour qui fait
le souverain bonheur de la vie, en
fait aussi le tourment. Victimes des
erreurs, qu'il offre pour séduire,
les héroïnes persécutées ne me mon-
traient qu'un exemple dangereux. Je
redoutais son pouvoir, et m'étais bien
promis, par une sage et attentive

prévoyance, de m'en préserver à jamais. Projets inutiles ! Aimer est un tribut qu'il faut payer. L'amour est l'essence de la vie. Celui, qui vient en révolté aux pieds de ce dieu puissant, a de moins que les autres le bonheur d'une consolante illusion, et sent plus douloureusement les effets d'une passion contrariée ; c'est ce que j'éprouvai dans la suite.

Pendant le cours de cette première visite, je fus enivrée du plus grand plaisir que j'aie jamais goûté ; mes yeux, malgré moi, se portaient sans cesse sur Dorigni. Je rencontrais les siens, et il s'établit bientôt entre nous une conversation muette, bien éloquente pourtant, tandis que l'on croit ne s'être encore rien dit. Il était venu accompagné d'un de ses amis, qui causait avec sa sœur, pendant que Dorigni, avec cet aimable embarras qui donne tant de grace, lia un entretien avec moi. Je mis de la recher-

che dans mes réponses, et je parvins
à faire briller, dans tout leur jour,
le peu de moyens que je possédais.
J'eus le bonheur de remarquer l'impression qu'ils fesaient sur Dorigni.
Il me parla de l'état que j'embrassais,
avec un air de compassion qui semblait
si bien justifier ma répugnance, que
j'eus la faiblesse de l'avouer. Il parut,
si touché de ma position, que ce ne
fut qu'aux témoignages de sa sensibilité,
que je m'apperçus de mon indiscrétion. Je ne le connaissais que depuis
quelques instans, et déjà il avait toute
ma confiance. Il me fit promettre de
me retrouver au parloir, et de lui
donner la permission de me démontrer
tous les inconvéniens du parti peu
raisonnable que j'allais prendre.

De retour chez moi, je fus extraor-
dinairement surprise de me trouver
sans cesse occupée de Dorigni. Si mes
yeux ne le voyaient plus, son image
était profondément gravée dans mon

cœur, et son souvenir occupait toutes mes pensées. Je me rappellais avec une délicieuse satisfaction notre entretien. Il était le sujet de mes méditations, et rien ne pouvait m'en distraire. Je cherchai envain le sommeil; il avait fui de mes paupières : trop heureuse pour le regretter ; cette entière préoccupation suffisait à mon ame charmée.

Le jour me surprit dans cette exaltation, premier indice de l'amour. La cloche, qui appellait toutes les religieuses à l'office, sembla me réveiller; elle fit disparaître un songe agréable, et me rappella mes devoirs et mes engagemens. La perspective que je redoutais, lorsque j'étais libre, me parut alors mille fois plus affreuse. Des larmes amères inondèrent mes joues décolorées ; un frisson parcourut tout mon être; la raison, la cruelle raison, reprit enfin ses droits et me découvrit le véritable état de mon cœur. Je me rendis à l'office. J'adressai au

Ciel des vœux impuissans ; déjà je n'avais plus la force de combattre l'amour, cet ennemi si redoutable.

Plusieurs jours se passèrent ainsi dans une agitation cruelle, partagée entre le desir de revoir Dorigni, et celui d'éviter sa présence. Malgré moi je recherchais avec plus de soin la société de Zoé ; il m'était facile de la faire parler de son frère ; elle avait pour lui une sincère amitié, et rendait avec plaisir hommage à toutes ses aimables qualités. Dorigni joignait à un esprit agréable et à une éducation brillante un physique on ne peut plus séduisant. Sa taille moyenne et bien proportionnée répondait à une figure délicate. Des cheveux d'un joli blond cendré, de grands yeux bruns expressifs et doux, le plus joli coloris, rendaient sa physionomie sensible et intéressante. Je ne puis mieux le comparer maintenant, qu'au jeune Faublas. Dans ce tems, je lui trouvais la véritable

ressemblance

ressemblance d'un chérubin paré de l'auréole céleste.

Vous connaissez trop bien mon caractère, pour qu'il soit nécessaire de vous avouer que ma raison et mes réffexions cédèrent au penchant que m'inspirait Dorigni. Je n'écoutai plus que ses douces consolations, et pendant six mois, je fus alternativement la plus heureuse et la plus malheureuse des femmes. Je découvrais chaque jour, en lui, de nouvelles qualités qui justifiaient mon choix, et l'aimer eût été une vertu dans une autre position que la mienne. Il me fesait sans cesse le tableau d'un heureux hymen formé par une même inclination. Il entrevoyait l'espoir d'obtenir l'aveu de ses parens, de toucher Mr. d'Héricourt. Enfin il aimait et croyait tout possible. Il raisonnait comme l'on pense à vingt ans. L'obscurité de ma naissance n'était point un obstacle pour lui. Mes vertus et mes qualités devaient

Tom. I. B

disait-il, me donner tous les rangs
dans la société. Qu'il est facile de
persuader la femme qui nous aime!
J'eus la folie de concevoir de l'espérance. Il écrivit à ses parens, et nous
attendimes leur réponse, avec la
confiance du vif desir qui fait toujours
disparaître les obstacles.

Dorigni était élève en chirurgie,
cadet d'une nombreuse famille ; son
père, chirurgien major d'un régiment,
était peu fortuné. Il fondait le plus
grand espoir sur ce jeune homme,
objet de sa prédilection. On imagine
quelle fut la réponse qu'il fit à son
fils. Il traita sa demande d'enfan-
tillage ; il lui fit envisager sa position
et son peu de fortune ; il lui remon-
tra, avec tant de douceur et de bonté,
la multitude des maux qui nous as-
siégeraient, s'il consentait à notre
union, qu'il était impossible de rendre
un refus moins amer et mieux motivé;
néanmoins nous fumes altérés à cette

fatale réponse; l'édifice de notre bonheur se trouvait renversé en un seul
moment.

Il est plus facile de sentir que d'exprimer, quel fut notre chagrin; il
égalait la force de notre tendresse
mutuelle. Le malheur semblait res-
sérer les nœuds qui nous unissaient
déja. Ils sont indissolubles, me disait
Dorigni : rien ne pourra me séparer
de vous. Ah! mon Isaure! le tems
peut apporter du remède à nos maux.
Si véritablement vous m'aimez, sou-
tenez courageusement cette contra-
riété. Refusez de prononcer ces vœux,
qui mettraient une éternelle barrière
entre nous. Je parviendrai à toucher
mon père et à obtenir son consentement. Quand je serai placé, que
j'aurai un état, il ne s'opposera plus
à mon bonheur; j'en suis sur : espérons tout d'un constant amour.... Le
tems de l'illusion était disparu pour
moi; il ne me restait aucun motif

d'espérer. Aussi Dorigni ne parvint-
il point à calmer ma douleur. J'avais
écrit à Mr. d'Héricourt, pour lui faire
part qu'il m'était impossible de vaincre
mon éloignement pour le cloître. Je
l'avais prié de me permettre de vivre
près de lui, en l'assurant que mon
travail suffirait à mes besoins, et que
ma reconnaissance serait sans bornes.
J'en reçus une réponse foudroyante.
La dureté de son caractère y était
dépeinte avec les plus vives couleurs.
Le mépris dont il m'accablait me ré-
volta, et me réduisit au désespoir.
Il écrivit en même tems à la supérieure,
pour l'engager à décider ma vocation,
en redoublant de soins et de vigilance;
de hâter, s'il était possible, le tems
de mon noviciat. Enfin tout était employé pour accélérer ma perte.

Je communiquai cette cruelle nouvelle à Dorigni. C'est dans ce moment qu'il me donna les témoignages
d'un attachement vrai ; il voulait

me sacrifier son état, le repos de son père, pour m'arracher aux barbares qui voulaient me rendre victime de leurs funestes projets ; il était déterminé à fuir avec moi dans les pays étrangers. Cette résolution inconsidérée rappella ma raison. La lettre du respectable père de Dorigni, toujours présente à mon souvenir, fut un préservatif contre les dangereuses séductions de son fils. Je sentis que seule au monde, sans parens, sans amis, vouée à l'infortune, je ne devais point la faire partager à Dorigni; et je ne pouvais plus m'opposer aux vœux de d'Héricourt. Le premier espérait toujours me décider à suivre le projet que l'amour lui fesait regarder comme le seul qui dût me préserver d'un malheur certain, lorsqu'il reçut l'ordre de son père, de se rendre près de lui sans retard, pour occuper la place de chirurgien major à l'armée de... Il me fit part de ce changement heureux dans sa for-

B 3

tune, et me sollicita d'abandonner le
couvent pour le suivre : que nous nous
marierions secrètement , et qu'après
il ferait revenir son père de sa prévention contre ce mariage. J'eus le courage et la force de résister aux sédui-
santes propositions de l'amant le plus
tendre. Il me fut impossible de le
faire renoncer à son projet, à moins
de lui promettre formellement de ne
point prononcer mes vœux, et de l'informer exactement de toutes les persécutions que l'on me ferait éprouver;
d'opposer un refus constant à me
lier irrévocablement ; si je pouvais
seulement différer de six mois, il
m'assurait qu'à cette époque nous serions réunis.

Je promis tout ce qu'il voulut ; bien
moins par l'idée que cela pût changer ma destinée, que pour le tran-
quilliser. Son départ fut fixé au lendemain. Ce tems fut, hélas ! dé-
licieux et cruel tout-à-la-fois. O vous

sensibles amans que le sort sépare!
rappellez-vous ces tourmens inouis que
l'on éprouve quand on admire, pour
la dernière fois, les traits chéris de
celui qui nous occupera sans cesse; si
l'on goûte quelque plaisir à le voir
encore, ce plaisir est déjà troublé par
des chagrins que l'on prévoit d'une absence cruelle. Dorigni, ranimé par
l'espoir, conserva plus de courage.
Il voyait un terme prochain à nos
peines. Il cherchait à faire passer,
dans mon cœur, cette douce sécurité
qui tempérait sa douleur. Il m'exprimait son attachement dans des termes
qui augmentaient encore ma vive tendresse et mon desespoir. Je regardais
notre séparation comme éternelle, et
je succombais à l'excès de mes maux.

Dorigni employa tout pour me calmer, larmes, prières, caresses, ser-
mens d'amour. Il ne paraissait s'a-
larmer que sur le changement de mes
sentimens; c'était, suivant lui, le seul

malheur qu'il eût à redouter. Il m'était
bien facile de jurer qu'il serait à
jamais le seul objet que mon cœur
chérirait ; mais, hélas! en lui res-
tant fidelle, il était presque sûr aussi
qu'il me perdrait sans retour. Nous
nous fîmes de tendres et douloureux
adieux, après être convenus de nous
donner réciproquement de nos nouvelles par l'entremise de sa sœur, qui
me remettrait ses lettres, et lui ferait
passer les miennes. Dorigni, après m'a-
voir répété cent fois de tendres adieux,
et être toujours revenu sur ses pas pour
s'enivrer encore du plaisir de remarquer
l'expression de mon amour, disparut enfin. Je tombai sans mouvement dans les
bras de l'intéressante Zoé ; j'aurais voulu mourir de l'excès de mes tourmens.
L'amitié et les tendres soins de Zoé
me forcèrent à y répondre en cal-
mant mon désespoir. Une mélancolie
extrême, une douleur active prirent
sa place, et firent de tels ravages sur

ma santé, qu'elle se détruisît entiè-
-rement. Je fis une maladie sérieuse,
pendant laquelle je reçus de la mère
supérieure des témoignages d'attachement, qui me furent si précieux, que
rétablie de cette longue maladie, je
formai le projet hardi de lui faire la
confidence de mes plus chers intérêts,
après avoir exigé un inviolable secret.
Cette bonne religieuse m'avait élevée ;
elle me nommait sa tendre fille, et
malgré le grand desir qu'elle avait
de me voir appellée au même bonheur qu'elle, et sauvée des écueils d'un
monde si dangereux, disait-elle, qu'il
était impossible d'y faire son salut, son
amitié était alarmée de ma tristesse.

Un jour qu'elle avait renvoyé la
religieuse infirmière, pour être seule
avec moi, elle me questionnait sur
la cause de ma mélancolie ; des
pleurs et des sanglots précèderent mon
aveu. Elle connaissait mon éloigne-
-ment pour la vie religieuse, ma dou-

leur de ne point savoir à qui je devais
le jour ; mais ce qu'elle ignorait, était
mon inclination pour Dorigni, je la
lui avouai avec cette ingénuité touchante qui semble vous dire : *Que
peut-on me reprocher? Mon crime est
involontaire.* Je cherchai à l'intéresser
par mes discours. Je peignis Dorigni
avec le pinceau de l'amour. Je fis le récit
de ces brûlans entretiens, où il m'offrait
le tableau du bonheur de deux époux
unis autant par leurs vertus, que par
leur tendresse ; des services qu'ils
pouvaient rendre aux infortunés ; de
l'exemple qu'ils donnaient à la société,
en exerçant la bienfaisance et met-
tant en pratique les sages préceptes
de la religion.

Le zèle de ma cause m'avait em-
porté un peu loin. Il était dangereux
de chercher à persuader à cette bonne
supérieure, que l'on pouvait vivre
d'une manière édifiante hors des mai-

sons religieuses : pourtant l'attendrissement l'emporta sur la prévention
mystique. J'avais caché ma tête dans
son sein ; elle me serra affectueusement contre son cœur : hélas ! me
dit-elle, je vous plains sincèrement ;
le malin esprit vous a tendu un piège
que vous n'avez pas su éviter ; si vous
aviez fui le danger, dès son principe,
vous auriez triomphé ; la prière est le
remède à tous les maux. Mon silence
à cette exhortation ne prouvait que
trop, combien je la trouvais impuis-
sante. Elle continua : je n'abuserai
pas de votre secret, ma chere fille ;
il est même de mon devoir maintenant
de cesser mes instances, pour vous
faire quitter ce monde que vous chéris-
sez déjà, sans le connaître. Tant que
ce ne fut qu'un desir vague, j'espérais
que la grâce opérerait son puissant
effet sur vous ; mais il faut à Dieu un
cœur tout à lui : il rejette les vœux
qui lui sont offerts avec distraction ;

enfin il cesse d'être un Dieu bon et
clément, et devient un juge sévère
qui châtie les coupables...... Eh! ma
mère, lui dis-je, pour quoi m'effrayer
ainsi, en me peignant un Dieu irrité?
Ma maladie avait altéré mes forces;
mon esprit abattu dans ce moment,
tout en réfutant ces sophismes, avait
été troublé ainsi que ma raison. Soyez
sans crainte, reprit-elle, je ne vous
cache pas que Mr. d'Héricourt me
sollicite sans cesse d'achever mon
ouvrage, en assurant votre bonheur.
Je vais lui écrire, que bien déci-
dément, il vous est impossible de
vaincre votre dégoût; ainsi comptez
que, s'il dépend de moi, vous recou-
vrerez cette liberté à laquelle vous
aspirez avec tant de folie. Hélas! ma
chère Isaure, j'augurais mieux de
votre esprit et de votre discernement.
Oh! par pitié, ma mère, ne me re-
tirez pas votre amitié, lui dis-je; j'en
suis encore digne. Protégez-moi contre
ceux

ceux qui m'oppriment, et ma vie entière sera employée à vous bénir.

La supérieure m'embrassa avec
bonté, et me quitta en me promettant
de nouveau le secret. Mais j'ai plusieurs raisons de croire que, soit desir
de me servir, ou indiscrétion naturelle, elle instruisit Mr. d'Héricourt
de mon inclination pour Dorigni. Le
fait est qu'il répondit avec beaucoup
d'humeur, à la supérieure, sur les
représentations qu'elle lui avait faites,
et sur sa faiblesse à écouter mes plaintes:
qu'il saurait bien prendre le parti qui
me serait le plus convenable. En effet
huit jours après il arriva au couvent
de.... Il eut une longue conférence
avec la supérieure, et obtint une lettre
pour la prieure des Ursulines du
couvent d'Alençon, même ordre que
celui où j'avais pris le voile. Il me
fit sortir, et m'y conduisit sur le champ.
A peine eus-je le tems de faire mes
tristes adieux à mes compagnes. J'é-

crivis à Dorigni quelques lignes dictées
par le désespoir. Je les laissai à Zoé
qui fut sensiblement touchée de notre
séparation. Je n'avais point encore
reçu de nouvelles de Dorigni, depuis
six semaines qu'il était parti. Je n'a-
vais d'autre adoucissement à mes
maux, que le souvenir de cet amant
chéri, qui fesait le bonheur et le tourment de ma vie. Je renonçais aux
compagnes de mon enfance. Je per-
dais l'intérêt de celles, qui m'ayant
élevée, me traitaient toujours avec plus
d'affection. Enfin j'étais absorbée par
la plus vive douleur, en quittant cette
maison que naguère je détestais. Il est
vrai que mes regrets n'auraient pas
été les mêmes, si je n'eusse été sûre
que c'était pour retourner dans une
autre prison. Je ne vis Mr. d'Héricourt
qu'en montant dans la voiture qui
m'attendait à la porte du couvent. Il
me reçut avec la plus grande sévérité.
Loin d'être touché de ma peine, il ne

l'attribua qu'à mon obstination. J'es-
sayai envain de l'intéresser ; j'employai , pour y parvenir, les prières
et les larmes. Je lui demandai s'il
était établi, et s'il vivait avec sa famille. — Je suis veuf, me répondit-il.
Eh bien ! si vous vouliez, lui dis-je,
me prendre près de vous , je vous
prodiguerais les tendres soins d'un
cœur reconnaissant ; je veillerais avec
une tendre attention à tout ce qui pourrait vous être agréable ; j'aurais le
respect d'une fille chérie et sa tendre
sollicitude. . . . Il m'écoutait sans m'in-
terrompre. Je croyais l'avoir ému ;
mais il partit d'un éclat de rire ,
en me disant : ces contes sont bons
pour des religieuses. Je vous ai dit une
fois mes intentions ; il faut y sous-
crire, ou craindre ma colère et ma
vengeance. Ensuite il s'enfonça dans
sa voiture et s'endormit. Ce trait d'in-
sensibilité m'ôta tout espoir. Je vis
l'abyme ouvert sous mes pas, et je

formai dès-lors le projet de me ré-
soudre à ce que le Ciel ordonnerait
de moi : bien décidée de ne plus m'a-
baisser à la prière envers cet homme
barbare, qui abusait si cruellement de
mon infortune et de ma jeunesse. J'en-
visageai ma perte avec plus de sang-
froid. Je me peignis les dangers auxquels j'aurais été exposée, si seule,
sans appui, sans parens, je me trouvais en butte aux malheurs de toute
espèce qui m'attendraient, et forcée
peut-être, à la douloureuse nécessité
de mendier le pain de la pitié. Mr.
d'Héricourt avait confidemment dit à
la supérieure, que sa femme en allant
voir ces maisons qui servent d'asile aux
malheureuses victimes de l'infortune,
avait été touchée de ma figure intéressante ; qu'elle m'avait retirée de
l'hôpital à trois ans et gardée chez
elle jusqu'à sa mort. En effet, j'a-
vais une idée confuse d'avoir reçu,
dans mon enfance, les soins d'une

vielle dame que j'appellais ma mère.
Mais conduite au couvent à quatre ans,
j'en avais perdu le souvenir. La supérieure qui m'avait fait part, à notre
dernière entrevue, de ce que Mr.
d'Héricourt lui avait dit, me rendit un
grand service. Je sentis qu'il ne me
convenait pas d'écouter les idées que
me suggéraient la nature et l'amour.
Isaure abandonnée de ses premiers
parens, retirée d'une maison de cha-
rité, ne devait-elle pas se trouver
mille fois trop heureuse d'être dans
l'asile de la paix et de la tranquillité,
avec des compagnes qui toutes étaient
au dessus d'elle? Je devais aussi renoncer à Dorigni; il était de ma délicatesse de refuser ses offres, eussent-
elles même été adoptées par sa famille.
L'enfant de honte et de misère devait
fuir toute société : ces réflexions firent
couler mes larmes ; mon cœur étoit
oppressé, j'étais suffoquée, et pourtant
je retrouvais en moi une force qui

C 3

ranimait mon ame. Je me résignais à
la rigueur du sort qui paraissait vouloir m'accabler. Mon état présent,
comparé à celui dont j'avais été tirée,
n'était pas sans avantage. Je le sentais
et voulais m'y soumettre : si mon cœur
eût été libre, il eût été bientôt satisfait ;
mais hélas ! oublier Dorigni, perdre
son souvenir, s'ensevelir pour jamais,
former des vœux, s'engager par un
serment indiscret, pour être l'épouse de
Dieu, tandis que l'esprit, les sens,
la raison et la philosophie me prouvaient l'absurdité de ces engagemens
cruels ; c'était s'enterrer vivante et renoncer à tous les sentimens qui font le
bonheur et les délices de la vie. La
paix, qui semblait habiter ces asiles,
était sans cesse troublée par l'erreur,
et le pouvoir despotique de ceux qui
dirigeaient ces maisons. Joindre à ces
tourmens innombrables le supplice de
regretter un être adoré, me semblait
le comble de l'infortune. La consolante

vérité vint encore m'offrir cet objet de comparaison: La jeune fille qui reçut toujours les tendres embrassemens de ses parens, qui, près d'un amant soumis et respectueux, pouvait entrevoir l'époque qui l'unirait à cet objet aimé; heureuse jusqu'à l'instant où la cupidité et l'ambition de ses parens la plongent dans un cloître, elle s'enterre toute vivante, et tombe du faîte du bonheur dans la plus profonde infortune : cette jeune personne n'est-elle pas plus à plaindre que moi, me dis-je ? elle a perdu des biens qui me sont inconnus : je suis donc moins malheureuse qu'elle !

Toutes ces idées donnèrent de l'essort à ma pensée, et la portèrent à des réflexions profondes sur notre religion. J'admirais sans cesse la richesse de la nature, la grandeur de l'Etre suprême qui paraissait ne s'être occupé que du bonheur des créatures qu'il avait répandues sur ce globe; et les effets de

sa bonté céleste, contrastaient avec les
chaînes et les sacrifices que l'on exigeait.
Oh! Sainte-Religion, disais-je, on
prête ton nom à la superstition qui
commande d'être cruel : on oublie que
le Dieu qu'on adore est l'image de la
bonté ; le soleil dirigé par lui est la
source de la fécondité ; il regénère tout,
et l'on veut que ce Dieu fasse un crime
de l'amour qui prend son émanation
de cet astre bienfaisant, ce feu sacré
qui circule dans les veines et sur-tout
dans le cœur de l'homme ! ce feu, qui
fait ressentir son influence puissante
aux animaux et aux plantes, ne doit
plus avoir d'activité dans l'ame d'une
jeune fille à qui l'on ordonne impérieu-
sement l'oubli de son être. Erreur,
cruelle erreur ! jusqu'à quand nous
aveugleras-tu? C'est ainsi, ma chère
Elvire, que je raisonnais dans ce tems
où l'on était loin de penser que l'on
touchait à l'époque qui devait détruire
pour jamais les cloîtres. Ces tristes idées

me firent pressentir mes tourmens ;
mais elles me garantirent de la faiblesse qu'un esprit moins actif que le
mien aurait pu éprouver. C'est alors
que je fis à la raison l'entière renoncia-
tion de moi-même, et que je consentis
à respecter l'erreur du vulgaire, même
dans ce qui m'était si funeste. La soirée
était superbe : je jouissais du spectacle
majestueux du coucher du soleil, qui
dorait encore à son déclin la plaine
verdoyante, et donnait à l'émail des
prairies un dernier éclat. Les différens
troupeaux, épars çà et là, m'offraient
l'image d'une aimable liberté.

M. d'Héricourt, réveillé par le son
d'une musette, et surpris d'avoir dormi
si long-tems, me demanda où nous
étions : parmi des êtres heureux, sans
doute, lui dis-je. En effet, sous une
grande allée d'arbres, le musicien que
nous avions entendu, fesait danser,
au son aigu de son frêle instrument, les
jeunes garçons et les jeunes filles, dont

les acclamations bruyantes annonçaient la gaîté et le bonheur. J'aurais
voulu jouir plus long-tems de cet
agréable spectacle ; mais la voiture
roulait sans interruption. Les postillons
apprirent à M. d'Héricourt, que nous
n'étions plus qu'à deux lieues d'Alençon ; il parut satisfait de cette nouvelle.
Il m'adressa la parole pour me dire
que je serais bientôt dans ma nouvelle
demeure et que là , je serais encouragée dans ma charmante vocation.
Elle est maintenant décidée, lui dis-
je, Monsieur ; vous ne recevrez plus
d'opposition de ma part ; je suis soumise à votre volonté et aux décrets de
la providence qui, j'en suis sûre, ré-
compensera mes efforts. Un autre que
d'Héricourt, m'eut encouragée ; mais
lui, il ne fit que dire : que m'importe à
présent votre soumission ou votre opi-
niâtreté. Je rougis d'indignation, et
gardai le silence. Nous arrivâmes à
Alençon à dix heures.

Il était trop tard pour se rendre au couvent des Ursulines, M. d'Héricourt, à son grand regret, fut obligé de se faire conduire à une auberge. Il eut soin d'en indiquer une de peu d'apparence et dont l'hôte, disait-il, était plus raisonnable que les autres. Une salle basse, commune à tous les voyageurs, fut l'azile que cet hôte nous donna. Cette pièce était occupée quand nous y entrâmes, par trois dames, deux officiers et deux autres jeunes gens. La gaîté paraissait régner dans cette bruyante société; elle augmenta, lorsque je fus présentée par M. d'Héricourt, dont la figure grotesque excita le rire, et sans doute aussi mon costume qui contrastait avec la société à laquelle j'étais présentée. Je portais l'habit des Ursulines. Il est comme l'on sait, peu galant. L'un des officiers s'avançant vers moi me dit : Dieu vous benisse, ma sœur; et m'offrit une chaise. D'Héricourt, poursuivi par le postillon qui réclamait son pour boire, sortit de la salle. J'étais fort décontenancée de me trouver en butte à la curiosité de tout ce monde. Je me remis de mon embarras, et m'approchant des dames, je liai conversation avec elles. L'un des jeunes gens dit en me fixant : Messieurs, je parie que cette belle novice est une Mélanie que des parens cruels forcent à un état qui lui déplait. M'adressant ensuite la parole: Ce vieillard, qui vous accompagne, est-il votre père, Madame? Je fis une réponse négative ; et à toutes les autres questions qui me furent faites, je prouvai que si mon habit prêtait à la plaisanterie, mon esprit ne seconderait point les projets de persiflage. D'Héricourt rentra bientôt; je lui demandai la permission de me retirer ; il m'observa fort brusquement, que ce serait doubler les frais du souper que de me faire servir séparément. J'avoue que je n'étais pas très-fachée de ce refus fait

à

à une demande que j'avais crû devoir
hizarder par bienséance. D'Héricourt
alluma sa pipe galamment, et se mit
à fumer ; mais les dames le prièrent de
se retirer pendant cet aimable exercice,
ce qu'il fit avec assez d'humeur. La
conversation reprit le ton qu'elle avait
à mon arrivée ; j'appris par cet officier
qui m'avait adressé d'abord la parole,
et qui paraissait fort honnête, que ces
dames et les deux jeunes gens, fesaient
partie d'une troupe de comédiens qui
se rendaient à leur destination. Leurs
propos me décontenançaient un peu ;
mais je n'y portai bientôt plus d'attention, en tenant avec l'officier une
conversation sérieuse, qui avait beaucoup de rapport à mes méditations du
soir. Il parut étonné de la justesse de
mes raisonnemens, et fut sensiblement
touché de voir une jeune personne,
qui selon lui, réunissait autant de
beauté et d'esprit, s'ensevelir toute vivante dans un monastère. Le souper

fut fort gaî; on chanta, on força tout
le monde à payer ce tribut au plaisir;
j'y fus obligée comme les autres : tous
les yeux étaient fixés sur moi avec une
maligne curiosité : on attendait un mo-
tet ou un cantique; à la grande surprise des convives, je chantai l'ariette
de Renaud-d'Ast : *Tendre mélancolie*.
J'avais la voix fort étendue et très-juste;
j'étais, comme vous le savez, assez
bonne musicienne, ce qui m'attira les
plus grands applaudissemens. M. d'Héricourt, profondément endormi, ne les
entendit pas, non-plus que le conseil
que le jeune Colin de la troupe me
donnait de quitter ma *mascarade*,
pour prendre place parmi eux. Vous
serez, disait-il, notre jeune première,
et sous le masque de Thalie, vous
avouerez au moins votre état, au lieu
que les gens de votre robe sont comédiens dissimulés et plus dangereux que
nous. Je riais beaucoup de toutes ces
saillies et ne me trouvais point disposée

à soutenir l'honneur et la gloire de mon ordre. L'on quitta enfin la table, et chacun se retira dans son appartement.

Le lendemain, d'Héricourt fut seul au Couvent où il resta fort long-tems ; il revint ensuite me chercher pour m'y conduire. Je fus reçue avec un air de froideur, qui me fit présumer qu'il avait prévenu contre moi la supérieure. Bientôt je vis que toute la communauté était disposée à la plus grande rigueur,

Je fus admise à la récréation, mais séparée des novices, mes compagnes. On me parlait avec un air de sévérité et de mépris qui me fut bien sensible. La Supérieure m'avertit que je commencerais le lendemain une retraite de quinze jours, pendant laquelle je serais condamnée à un silence continuel, et à une solitude absolue. Le jeûne, la pénitence et la prière, voilà les seuls sujets qui doivent vous occu-

per maintenant, me dit-elle ; et songez que la plus légèrefaute sera punie
sévèrement. Ma réponse annonçait
une soumission et une résignation par-
faites. En effet, j'observai exactement
tous les devoirs qui me furent imposés.
Au bout de cette quinzaine, j'écrivis
au Couvent de... et je présentai, suivant l'usage, la lettre à la Supérieure
qui, après l'avoir lue, la déchira, en
me disant que tous ces souvenirs étaient
inutiles, que ma reconnaissance ex-
primée avec tant de chaleur, prouvait
assez combien je regrettais mon ancienne habitation ; qu'elle tenait beaucoup moins à mon amitié qu'à mon
obéissance, et que les filles rebelles
envers leurs parens, ne devaient attendre aucun égard. Je gardai un profond silence à cet aimable avertisse-
ment. Dès-lors je m'occupai à commen-
cer le sacrifice que l'on exigeait, et qui
était d'ailleurs indispensable. Privée de
l'espoir de connaître le sort de Dorigni

et devant l'oublier, nuls liens ne me retenaient plus à la vie.

Deux mois s'étaient écoulés sans apporter aucun changement à ma position. Je fatiguai la patience de mes ennemies. La Religieuse chargée du soin des novices et touchée de ma douleur ainsi que de ma modération, me traitait avec moins de dureté. Elle me parla un jour avec intérêt : elle me dit que son cœur souffrait de la tyrannie que l'on exerçait contre moi ; que s'il eût dépendu d'elle d'adoucir ce traitement, il n'eût pas eu lieu ; mais que soumise, comme moi, aux ordres de la Supérieure qui était excessivement sévère, elle n'avait que le droit de faire des représentations qui n'étaient point écoutées, quand il était question de moi : que le seul moyen de faire cesser ces persécutions, serait d'abréger le tems de mon noviciat, en demandant à prendre le voile noir, que cette déférence aux volontés de mon protecteur le toucherait, sans

D 3

doute. J'y consens volontiers, lui dis-
je ; le tems ne peut apporter aucun
soulagement à mes peines, peu m'importe de quelle manière il soit distribué. Cette bonne Religieuse qui possédait une ame sensible, me témoigna
une généreuse pitié. Je sentis les douces larmes de l'attendrissement arro-
ser mon sein. Oh ! Dieu ! m'écriai-je,
je ne suis donc pas entièrement abandonnée, puisqu'il est un être bienfaisant qui partage mes peines, sans m'accabler de reproches. Cette scène touchante fut prolongée. Cette Religieuse
sut répandre le doux charme de la
confiance dans ses entretiens ; elle
calma ma douleur et ranima mon courage défaillant. Elle me peignit avec
force et vérité les avantages que l'on
retirait à observer fidellement les devoirs de son état, la douce jouissance
que donne le témoignage d'une conscience pure et honnête, et enfin la satisfaction de n'avoir point de reproches

à se faire; qu'aidée alors par la bonté
de celui qui dirige tout, il me donne-
rait la force nécessaire pour triompher
de ma faiblesse,

Après cet entretien, je me trouvai
débarrassée d'un poids insupportable;
Il semblait qu'il eut changé ma destinée. Oh! pourquoi tous ceux qui furent
chargés de faire aimer la Religion, ne
furent-il point doués de cette sensibilité
et de cette éloquence persuasive qui
pénètre l'ame!

Cette Religieuse parla à la Supérieure de la résolution où j'étais d'ac-
célerer l'instant de prononcer mes
vœux. Cette proposition fut accueillie
avec joie; je fus fêtée, carressée à la
récréation, et offerte pour exemple à
mes jeunes compagnes. Il fut décidé
qu'après une retraite de neuf jours,
cette auguste cérémonie aurait lieu.
Pendant ce tems, il fut permis à la
mère des novices d'aider ma résolution
de ses pieuses et sages exhortations.

Que de soins ne prit-elle point pour
écarter de mon esprit agité, les horreurs de ma position ! elle la connaissait; elle avait elle-même éprouvé pendant sa jeunesse les tourmens auxquels
j'étais en butte, et ce cruel souvenir
excitait sa compassion. Je lui dus la
force et la courageuse résignation que
je montrai, en ce moment, j'ignore le
sort de cette créature bienfaisante; si
elle existe encore, qu'elle trouve ici
l'hommage d'un cœur reconnaissant.

On écrivit à Paris à M. d'Héricourt,
qui se rendit à Alençon pour cette funeste cérémonie. J'avais alors dix-sept
ans; pour la dernière fois je fus offerte en pompe aux yeux d'un public
avide de semblables spectacles. Tout
ce que le luxe et la recherche peuvent
inventer pour la parure d'une femme,
était employé dans ces sortes d'occa_
sions. Je fus insensible à l'effet que
produisait à mon avantage ce costume
si différent du mien. Les mots : *Qu'elle*

est belle ! qu'elle est jolie ! souvent re-
pétés, parvenaient à mon oreille sans
la charmer. Ces louanges si précieuses
pour une femme qui sait qu'elle mérite cet éloge, ne pouvaient plus me
flatter. Un seul mortel m'avait fait sa-
vourer avec délices cet avantage de justifier son choix ; dès qu'Isaure ne pouvait plus briller pour Dorigni, l'éclat
de la beauté n'avait plus de prix pour
elle.

Un Religieux fut chargé de prononcer
le discours qui devait avoir lieu.
Cet homme, dont le mérite était généralement reconnu, peignit avec chaleur
les avantages de la vie Religieuse et
les grâces infinies accordées aux épouses
de Dieu ; mais quand il vint aux dispositions qu'il fallait apporter pour cet
état, aux dangers de s'y livrer sans
une vocation bien affermie, son zèle
fût si touchant, si expressif, que les
larmes de la pitié furent arrachées pour
la malheu euse victime. Il me conseil-

lait avec tant de force et d'onction de renoncer à mon projet, que ma résolution fut ébranlée un moment, ma pâleur et mon trouble annonçaient mes souffrances. Mais personne ne sut interpréter cette émotion qui était la révolte de mes sens. Le sermon fini, je fus quitter ces apanages du luxe. On me coupa les cheveux et l'on me couvrit du drap mortuaire, pour peindre allégoriquement que j'étais morte au monde. Que de vœux j'adressai au Ciel dans ce moment, pour terminer ma pénible existence ! mais souhaits impuissans ! il fallait encore subir une dernière épreuve. Je pris le fatal livre où la formule des vœux était inscrite, les caractères étaient presqu'effacés par les larmes des infortunées victimes qui les avaient fait avant moi. Je les prononçais ces vœux que mon cœur détestait. Ma voix, mal assurée, était faible, mes lèvres tremblantes et ma langue glacée, pouvaient à peine articuler ces

mots cruels. Mes yeux se couvrirent
d'un nuage épais, mes forces m'abandonnèrent et à la dernière parole, *je*
tombai sans connaissance aux pieds
de la Supérieure. Cette faiblesse, ce
combat involontaire de la nature était
un crime parmi nous, et j'en fus puni
sévérement. On me revêtit du voile
dont la couleur funèbre annonçait tous
les tourmens qu'il devait me faire
éprouver. Le jour se passa dans la
joie, mais l'air sévére de la Supérieure
me fesait redouter malgré moi l'instant
où la paix uniforme de notre vie nous
rendrait à nos exercices solitaires.

M. d'Héricourt vint me voir le lendemain. Son hideuse figure rayonnait
d'une barbare joie, et sa présence fût
pour moi un cruel suplice. Je le quittai
et me rendis dans ma nouvelle cellule,
où bientôt, la Supérieure vint m'accabler des plus outrageans reproches,
pour le scandale que j'avais occasionné
la veille en prononçant mes vœux,

Cette faute, disait-elle, me couvrait de
mépris et je devais l'expier par la douleur et les plus vifs regrets. Elle sonna;
deux Religieuses parurent. Allons,
conduisez sœur Isaure dans la cellule
secrète, leur dit-elle; qu'elle y reste
un mois, et que l'on veille attentive-
ment à ce qu'elle apaise par la plus
sévère pénitence, la colère et la vengeance du Dieu qu'elle a offensé. Je
fus conduite dans un cachot, privé
d'air et de jour, et dont l'humidité
pénétrait mes habits. Un pain noir et
grossier, fut la seule nourriture qui
me fut donnée pour soutenir ma malheureuse existence, et la Supérieure,
cruelle et barbare, me visitait tous les
deux jours pour m'accabler de reproches. Oh ciel! se peut-il que des
femmes, formées par la nature pour
être sensibles et bienfaisantes, se soient
dégradées à cet excès.

Mes forces ne succombèrent point à
ces traitemens odieux. Au bout d'un
mois

mois je fus retirée de mon horrible cachot, sous la recommandation expresse
de garder un inviolable secret sur ce
fait, et avec la menace effrayante de finir
mes jours dans ce réduit ténébreux , si
la moindre indiscrétion apprenait à mes
compagnes ce qui m'était arrivé. On
avait dit que j'étais malade ; les religieuses se voyaient fort peu entre-elles ;
celles qui étaient dans leur cellule ,
ignoraient le sort des autres , et ne
pouvaient former sur ces absences que
les soupçons que la facheuse expérience
du même traitement leur avait donnée.

  Comme j'avais une fort belle voix ,
il fut décidé que je chanterais un chœur ,
et remplacerais une ancienne religieuse
dont la voix avait cessé depuis long-
tems d'être agréable. J'étais bonne
musicienne, je touchais des orgues
pendant les offices , je brodais aussi
dans une assez grande perfection ; j'a-
vais , comme vous savez , une extrême
facilité à apprendre. La supérieure du

couvent de....avait pris plaisir à em_
bellir mon éducation, en me faisant
acquérir ces talens si précieux pour
une femme. La maison d'Alençon n'é-
tait pas riche, peu de nos sœurs savaient
se rendre utiles. On demanda de l'ouvrage dans la ville, et je fus condamnée
à un travail continuel. J'étais à l'attache
comme un enfant. L'on exigeait de moi
une assiduité au-dessus de mes forces :
la Supérieure retirait un très-grand
avantage de nos travaux, sans nous
traiter avec plus d'égards. La dot que
M. d'Héricourt avait donné n'avait pas,
sans doute, satisfait son avarice sor-
dide ; il ne m'avait point d'ailleurs
accordé de pension particulière, de
sorte que j'étais privée de toutes ces
petites douceurs si nécessaires dans cet
état, qu'elles deviennent des besoins.

Je n'allais jamais au parloir, je n'ai
pu obtenir la permission d'écrire à la
Supérieure du couvent de... et j'étais
vraiment ignorée de la nature entière.

Ce n'était qu'en cachette que je recevais par fois la visite de la mère des novices. Son amitié pour moi, lui avait attiré beaucoup de désagrémens. Fidèle à l'obéissance qu'elle devait, elle se privait du plaisir de consoler les affligés. Quand le hasard nous fesait rencontrer dans la maison, elle me remettait des lettres remplies de témoignages d'affection et de pieuses exhortations. Ces consolantes épîtres étaient les seules jouissances que je goûtais, encore nous devinrent-elles funestes. La Supérieure, qui était vraiment méchante par caractère, nous épiait avec le desir de trouver des coupables à punir. Elle entre un soir, sans bruit, dans ma célule, à l'instant où je relisais une de ces lettres si chères: elle s'en saisit, reconnait l'écriture de la mère Sainte-Marie, et me fait faire un nouveau séjour de six semaines dans le perfide cachot. Quand je reparus, j'appris que la mère des novices avait fait une longue maladie,

et je devinai facilement qu'elle avait
éprouvé le même sort que moi.

Enfin, ma chère Elvire, je souffris
pendant trois ans de tourmens inexpri-
mables; j'appellais envain la mort à
mon aide, les consolations de la religion étaient impuissantes, je ne peux
vous décrire quelle était par fois la vio-
lence de mon désespoir. Quand je songeais à Dorigni, au chagrin qu'il
éprouverait s'il connaissait ma position;
quand je me rappellais ses instantes
prières pour quitter le couvent; je vous
l'avoue, j'avais la faiblesse de regretter
de n'avoir point cédé à son amour.

La grande révolution qui s'était opé-
rée dans la France, occupait généralement tout le monde: nous apprîmes que
l'on avait le projet de détruire nos
maisons. Cette nouvelle produisit un
effet bien contraire sur les différentes
récluses. Les jeunes qui regrettaient
un monde qu'elles avaient quittées par
force, souriaient à l'idée de se retrouver

libres ; les vieilles qui jouissaient d'une
tranquille paix, ne voyaient qu'un
abus dangereux dans cette proposition,
et celles dont un pouvoir arbitraire et
une puissance extorquée, là comme
dans le monde, par l'intrigue et la
cupidité, les avaient fait commander
en souveraines, se livraient à tous les
transports de la rage et du désespoir.
Aidées par le fanatisme qui les aveuglaient, si elles avaient pû anéantir les
auteurs de cette future destruction,
elles l'eussent fait. On fut quelque tems
dans l'incertitude ; mais enfin les portes
furent brisées, les grilles renversées,
et toutes les habitantes de ces paisibles
lieux, libres de se retirer dans le sein
de leur famille. J'écrivis à M. d'Héricourt, dont la Supérieure me donna
l'adresse, je n'en reçus point de réponse, et je me trouvai extrêmement
embarrassée. J'écrivis aussi à la Supérieure du couvent de... et à Zoé, sœur
de Dorigni, elle n'était plus au couvent.

E 3

Une tourière, chargée de faire tenir les
lettres aux religieuses dont elle connaissait l'asile, remit celle que j'avais
adressée à la Supérieure de... Elle me
répondit avec tout l'intérêt et la bonté
qu'elle m'avait toujours témoignée. Elle
m'apprit qu'elle était réfugiée chez les
parens d'une vieille sœur converse ;
qu'elle n'avait nul moyen d'existence ,
et qu'elle ne pouvait m'offrir qu'une
pitié infructueuse. Elle me marquait
que Zoé était retournée à Paris, près de
ses parens ; qu'on lui avait dit que le
jeune Dorigni , nommé Chirurgien-
Major d'un régiment , avait séjourné
long-tems dans différentes villes de la
Normandie. Mon cœur tressaillit à l'idée
heureuse de retrouver Dorigni , je
conçus dès lors le projet de me rendre
à Paris , sous le prétexte de rejoindre
M. d'Héricourt ; mais bien avec le projet de découvrir Dorigni , et de savoir
si ses sentimens étaient toujours les
mêmes pour sa chère Isaure. Une de

nos religieuses qui avait sa famille dans cette ville , apprenant que mon dessein était de m'y rendre , m'offrit de faire le voyage avec elle , en promettant d'en faire les frais. Nous retînmes des places à la diligence , nous prîmes le costume ordinaire ; mais, je ne sais comment il se fesait que l'on nous reconnaissait toujours : l'on remarquait, sans doute , à notre gaucherie , que, nous étions des *nones défroquées* , (ainsi nous appellaient vulgairement les gens du peuple , qui , sans trop savoir pourquoi , nous avaient voué une haine implacable.) Nous voyageâmes pendant deux jours sans accident , mais le troisième, à l'entrée de la nuit , la diligence fut attaquée par une troupe de chouans. Vous savez, mon Elvire, qu'à cette époque , la guerre était allumée dans toute la Bretagne. L'armée de la Vendée était redoutable , les rebelles fesaient des incursions fréquentes, dans les différentes villes qu'ils pil-

laient et dévastaient. L'attaque fut
violente ; nous étions escortées par un
détachement de la garde nationale, qui
nous défendit courageusement ; mais
ces braves militaires cédèrent au grand
nombre, et trouvèrent dans une mort
glorieuse l'admiration générale qu'ils
méritaient. Nos postillons avaient été
tués. Nous étions quatre femmes dans
la voiture, notre effroi et nos alarmes
pendant le combat, ne peuvent se décrire : tombées au pouvoir des vain-
queurs, nous attendions la mort,
lorsque l'un des officiers, c'était un
général, ouvrant la portière et nous
faisant descendre, prononça qu'il ne
nous serait rien fait, si nous voulions
rester parmi eux ; que nous y serions
traitées avec les égards dûs à notre
sexe. Ma compagne qui était d'un âge
avancé et du nombre de celles qui dé-
testaient la révolution depuis qu'elle
l'avait atteinte, lui déclara notre pro-
fession pour l'attendrir : elle lui dit que

notre opinion était parfaitement con-
forme à la sienne, et que nos seuls
regrets étaient de ne pouvoir les servir
ainsi que des guerriers. Oh ! tout est
possible, Madame, répondit-il, à votre
sexe comme au nôtre. Relevez-vous,
(car elle s'était mise à ses genoux)
vous courrez comme nous les hasards
de la guerre, et vous et vos compagnes, serez respectées et traitées avec
tous les égards dûs à votre sexe et à
votre état.

Les deux autres personnes qui étaient
dans la diligence, paraissaient d'une
classe commune, c'était la mère et la
fille. La jeune personne, d'une très-
jolie figure, n'annonçait point, par son
maintien, cette modeste retenue, qui
fait le charme et l'apanage de notre
sexe. La voiture fut exactement vi-
sitée, elle était assez bien chargée. On
prit les chevaux et tout ce qui pouvait
convenir, et l'on fit route. Nous fûmes
aggrégées à la troupe. Le général était

un jeune homme de la plus agréable
figure et de la meilleure tournure.
Lorsque nous fumes réunis le soir au
corps de réserve , notre arrivée fut célébrée par un grand souper. Nous
fumes présentées aux Dames qui sui-
vaient l'armée ; elles étaient en grand
nombre, presque toutes étaient habil-
lées en homme : ce costume infiniment
plus commode , leur évitait beaucoup
d'embarras. Elles occupaient des grades
dans l'armée, et paraissaient avoir
oublié la faiblesse de leur sexe. Nouvelles amazones , elles étaient aguerries
au combat. Le général avait sa femme
qui conduisait une brigade. On fit beaucoup de plaisanteries pour m'enrôler :
je m'y prêtai volontiers, et les discours
éloquens de toute l'assemblée , firent
vraiment passer dans mon ame un desir
de gloire qui me séduisit. Plongée dans
une erreur à laquelle on donnait une
cause si louable, j'adoptai la même
opinion , et en portant les armes contre

ma patrie, je croyais la servir. Je fus
bientôt au fait des exercices ; j'appris à
dompter adroitement un coursier, à
manier un sabre, et je fis comme les
autres femmes, mes preuves de courage et de valeur. Nous avions souvent des attaques, tantôt victorieux et
tantôt battus ; nous étions alternativement dans des positions avantageuses
et pénibles. Notre armée était souvent
sans vivres, nous éprouvâmes différentes fois les horreurs de la faim.
Nous fesions des incursions dans les
villages, nous forçions les habitans à
nous donner des vivres et de l'argent ;
mais jamais, excepté dans les combats,
nous ne versâmes le sang de nos com-
patriotes. Il régnait un ordre et une
discipline scrupuleusement observés.
Nous avions peu de tems à donner aux
plaisirs et à la société, néanmoins,
dans quelques soupers où nous étions
assez tranquilles, j'ai pu juger de
l'esprit de mes compagnes et de nos

camarades. On sait que cette armée
était l'élite de toute la noblesse ; j'en-
tendais des conversations bien différentes de celles que j'avais tenues
jusqu'alors. Des propos galants m'é-
taient souvent adressés ainsi que des
louanges délicatement données, et plus
d'une fois elles trouvèrent place dans
mon cœur. Le général qui m'avait témoigné un intérêt particulier, que j'a-
vais pris long-tems pour de l'amitié,
me fit une déclaration qui me surprit
d'autant plus qu'il paraissait attaché à
sa femme. J'eus le bonheur de le ramener à ses devoirs, en lui rappellant
les promesses qu'il nous avait faites de
nous respecter, nous potéger et nous
mettre sous sa sauve-garde. J'intéressai
son honneur et sa probité, et je n'eus
plus à m'en plaindre. Mes compagnes
de voyage avaient été fort bien traitées ;
la vieille religieuse et la mère de la
jeune personne étaient toujours de
l'arrière-garde, et jouissaient dans les
routes

routes de toutes les douceurs que l'on
pouvait leur accorder. La jeune personne avait pris comme moi, l'habit
d'homme, elle se fit beaucoup d'ado-
rateurs ; mais sa conduite légère ne la
fesait considérer de personne. J'ignore
ce qu'elles devinrent par la suite.

Nous étions en Normandie dans une
petite ville, nommée Pontorson ; l'armée des Républicains nous attaqua
avec beaucoup d'avantage, elle était
infiniment plus forte que la nôtre.
Notre Général se trouvant engagé était
prêt à céder au nombre de ses ennemis;
sa mort paraissait certaine, j'étais à
quelque distance de lui, j'arrivai, je
le dégageai, et après un combat assez
violent contre quatre cavaliers, j'eus le
bonheur de le sauver. Je fus légére-
ment blessée, j'en fus agréablement
dédommagée par les éloges qui me
furent donnés. On eut la bonté de
croire que j'avais fait des prodiges, et
je reçus les aplaudissemens les plus

Tome I. F

flatteurs. Nous avions perdu beaucoup
de monde, mais nous avions étés assez
heureux pour ne point laisser faire de
prisonniers. Nous connaissions les lois
de la guerre et nous nous défendions
en déterminés.

Quelque tems après cette affaire,
nous nous étions retirés du côté d'A-
vranches, notre troupe était séparée
je commendais un détachement de
cavalerie depuis notre dernière affaire.
Les soldats m'aimaient beaucoup et le
Général avait en moi la plus grande
confiance. Nous étions en marche pour
rejoindre le corps d'armée. Il fallait
passer près d'un petit bois où nous soup-
çonnions que l'énnemi pouvait être
campé. Comme il n'y avait pas d'autre
route, nous espérions, à la faveur de la
nuit, éviter ce danger. Un peloton d'in-
fanterie nationale nous entoura, nous
n'étions que quarante, nous fimes une
vigoureuse résistance, mais bientôt je
me trouvai presque abandonnée et je

fus prise avec quinze de ma troupe,
dont quatre femmes. Nous fûmes conduits à Avranches. C'est de tout le
tems que je portai les armes, le
seul instant d'effroi que j'éprouvai,
il fut cruel. Je savais qu'une mort certaine m'attendait et je sentais qu'il était
bien différent de la trouver dans les
combats ou de la recevoir de sang-froid,
et qu'il fallait un courage héroïque
pour s'y résigner. C'est alors que des
réflexions tardives ajoutèrent à l'horreur de ma position. Arrivés à Avranches nous fûmes conduits à la prison
et condamnés le lendemain, suivant la
loi militaire, à être fusillés sur la place
d'armes. Nous reçûmes l'arrêt de notre
sentence de mort avec courage et résignation. On nous conduisit au lieu de
l'exécution, nous n'étions plus que
quatorze ; je remarquai que l'une de
mes amies, la fille du Comte de.....
n'était point du nombre des victimes,
j'espérai qu'un heureux hasard avait

favorisé sa fuite. Vous saurez comment
elle échappa à la mort, dans le tems
où je l'appris moi-même.

Je voudrais, ma chère Elvire épar-
gner à vôtre ame sensible le récit de
cet accident funeste ; mais il faut que
vous me suiviez pas à pas pour apprendre comment je pûs survivre à mon
supplice. Arrivés sur la place, on nous
mit au milieu de la troupe et l'on nous
couvrit les yeux. Nous entendîmes le
roulement du tambour, signal funeste,
et la décharge des armes nous fit aussi-
tôt tomber. Quelques-uns d'entre nous,
blessés seulement, se relevèrent ; j'é-
tais du nombre. On tira de nouveau,
j'étais blessée au bras, je reçus un second coup dans le côté, et par un
mouvement involontaire je me relevai ;
le mouchoir que j'avais sur les yeux
s'était détaché, je vis toute la troupe
séparée. Un soldat, sans doute par pitié
pour mon état, me tira un troisième
coup qui porta dans l'épaule. Je tom-

bai sur mes malheureux compagnons,
je me débattais; j'entendis ce soldat
qui disait avec l'expression de la dou-
eur : *ma foi, j'y renonce.* Le croirez-
vous, mon Elvire, je ne perdis point
connaissance, le sang coulait de
mes blessures, et je conservais encore
la force et le raisonnement. Tout le
monde était disparu. Le jour tirait à sa
fin; je songeai que l'on allait, sans
doute, enlever les morts et que je serais
confondue parmi eux. Je me relevai
en me débarrassant avec peine des
cadavres dont j'étais entourrée. Je fis
à-peu-près cent pas vers une rue déserte, où enfin je tombai; la crainte
de la mort me ranima, je me trainai
près d'un tas de fumier nouvellement
amoncelé, je m'y cachai, retenant les
cris que m'arrachait la douleur. C'est
alors que je perdis le souvenir de mes
maux; un long évanouissement m'ôta
la force de les sentir.

Quand je repris mes sens il fesait une

F 3

nuit des plus noires, la pluie tombait
avec force, je voulus me relever, mais
j'en avais perdu la faculté. J'étais mu-
tilée, je poussais des gémissemens affreux, et j'aurais infailliblement péri si
le ciel secourable ne m'eut accordé
sa protection. J'entends les pas de
quelqu'un, je demande d'une voix dé-
faillante des secours, on vient à moi,
deux hommes cherchent à me soule-
ver, ils ne peuvent y réussir. Effrayés,
sans doute, par mes cris, l'obscurité
les empêchant d'y voir, ils allaient
chercher de l'aide quand, les entendant
s'éloigner, la crainte me rend des
forces pour les rappeller. — Par pitié,
sauvez-moi, m'écriai-je ! l'un d'eux
dit : c'est une femme. Dieu ! avez-vous
été assassinée, Madame ? *Non, fusillée
sur la place*, fut tout ce que je pûs
répondre, et je m'évanouis de nouveau.
Quand je revins à moi, je me trouvai sur
un lit ; ma faiblesse était si grande, que
mes yeux ne distinguaient plus les ob-

jets. On pansait mes blessures, une
voix toujours chérie parvient à mon
cœur défaillant, je prononce le nom
de Dorigni. Il me répond. La nature
ranimée par l'amour fait un dernier
effort; j'ouvre les yeux, je le reconnais.
C'était lui en effet, mes sens n'avaient
point été trompés. Il me dit : mon
Isaure, ma bien aimée, c'est ton ami.
Il m'avait reconnue à l'instant où il
avait voulu panser mes blessures. Il
avait passé dans la rue où je m'étais
réfugiée. Mes cris l'avaient touché,
la pitié s'était fait sentir à son âme
généreuse; il me donna des secours,
me fit transporter à l'hôpital et fut
lui-même rendre compte de cet événement au Représentant du peuple
en mission dans cette ville, en lui
demandant la permission de me faire
soigner : elle lui fut accordée. Heureux
par le doux plaisir de faire une
bonne action : quel fut son étonnement
et son désespoir quand il reconnut que

celle femme expirante était son Isaure,
cette maîtresse tendrement chérie qui
avait toujours occupé sa pensée! Vous
imaginez avec quelle délirante tendresse les attentions les plus recher-
chées me furent prodiguées. Par un
effet de la divine Providence, qui
sans doute avait permis ce miracle en
ma faveur, aucune de mes blessures
n'était mortelle : celle qui avait atteint le bras l'avait cassée. L'opéra-
tion me causa de vives douleurs : mais
malgré mon excessive faiblesse je la
soutins. Au bout d'un mois je fus hors
de danger, et en état de m'entretenir
avec mon cher Dorigni de l'événement étrange qui nous avait réunis. Je
lui racontai ce qui m'était arrivé depuis
notre séparation ; il pouvait à peine
ajouter foi au récit de mes infortunes :
mais surtout il ne revenait point de la
susprise de m'avoir trouvée parmi les
rébelles. Il eut bientôt détruit l'opinion
que j'avais si promptement accueillie,

il m'en fit sentir l'erreur ; il était per-
suasif, il plaidait une bonne cause, il
n'eut pas de peine à me convertir. Mon
esprit n'était point fanatisé comme celui
de mes compagnes, ni révolté d'une
loi qui m'avait été favorable. D'ailleurs
mon amant était le seul Dieu que je
révérais, et comme Zaire, je disais :

» J'eusse été près du Gange esclave dés faux
     Dieux,
» Chrétienne dans Paris, Musulmane en ces
     lieux.

Lorsque cette dissertation fut termi-
née, je repris mon recit, et en histo-
rienne exacte, je n'oubliai pas l'intérêt que m'avait témoigné le général
des rébelles. Je vis tout-à-coup la figure de Dorigni se rembrunir ; ses traits
étaient altérés, à une rougeur subite suc-
cédait une pâleur allarmante. Je ne
concevais pas qu'elle pouvait être la
cause de cette émotion et du silence
qu'il gardait à toutes mes questions.

Enfin cédant à son trouble, je le vois,
dit-il, nous ne pouvons plus être heureux Isaure, vous n'êtes point resté
fidelle; je suis le plus infortuné des
hommes; ma fierté fut blessée de ce
doute offensant, mes larmes prouvè-
rent mon attendrissement : Dorigni les
prit pour le témoignage de ma faiblesse.
Oh ! ciel, m'écriai-je, suis-je réduite à
me justifier devant celui qui seul ne
devait jamais cesser d'estimer, la pauvre Isaure ! elle est donc entièrement
abandonnée? L'expression de ma douleur le persuada mieux que tous les raisonnemens que j'aurais pû lui faire :
tombant à mes genoux, il me dit : pardonnez, O la plus aimée des femmes,
ce soupçon injurieux, il est vrai, pour
un cœur aussi vertueux que le vôtre;
l'excès de mon amour m'a rendu coupable. Je voudrais être le seul à admirer
vos attraits: tous ces éloges qui vous
sont donnés par d'autres sont un vol
fait à ma tendresse. Oubliez un tort

involontaire et croyez qu'un seul de vos
regards suffira toujours pour effacer
les impressions douloureuses que je
ressentirai. Je remarquai par cette
scène touchante le caractère jaloux de
Dorigni. Je redoutais bien un peu les
effets de cette dangereuse et fatale passion ; mais comme elle est le signe certain du plus violent amour, qu'elle est
la femme qui, aimant véritablement,
en excusant cette jalousie, n'en sera
pas même flattée ?

Dorigni m'instruisit à son tour qu'a-
près son départ d'Alençon il s'était
rendu à la ville où était le bataillon,
dont son père l'avait fait nommer chi-
rurgien-major ; que sa santé affectée
par les tourmens qu'il avait éprouvés
de notre séparation, ayant cédé à sa
douleur, il avait fait une longue maladie. Son père s'était rendu près de lui
et lui avait donné les plus tendres soins,
il avait prononcé sans cesse mon nom.
Son imagination effrayée des malheurs

auxquels il me voyait en but, lui sug-
gerait le desir de me délivrer de ma
prison. On avait été obligé de le garder
soigneusement pendant son délire.
Cette maladie avait occasionné le silence qui m'avait si fort allarmée. Il
avait appris ensuite que j'avais été
transferée au couvent d'Alençon; mais
il avait employé inutilement tous les
moyens imaginables pour me faire parvenir de ses nouvelles. Son père qui
l'aimait avec la plus tendre sollicitude et
qui avait connu la cause de ses souffrances, employait pour le guérir d'un
amour funeste et sans espoir, les entretiens consolateurs de l'affectueuse amitié aidée de la raison et de la bonté pa-
ternelle. Hélas! tous ses efforts étaient
infructueux et impuissants, on ne rai-
sonne plus quand la passion nous égare
et aliedne notre esprit ?

Dorigni recouvra sa santé et point le
calme. Fidèle à l'amour qu'il m'avait
voué, cet intéressant jeune homme était
absorbé

absorbé par la mélancolie. Quand les
devoirs de sa place lui laissaient quelques instans de loisir, il se livrait à
l'étude des belles-lettres. Il avait la plus
grande facilité pour écrire; sa sensibilité secondée par une imagination vive
et beaucoup de connaissances, lui fesait
composer des vers pleins de feu et d'expression. Il peignait les tourmens de
l'absence et les charmes de l'amour. Il
fit pendant notre séparation plusieurs
Romans et quelques Pièces de théâtre :
on y reconnaissait la teinte de son caractère et de sa belle ame. Je ne puis
vous exprimer, ma chère Elvire, l'in-
discible plaisir que je trouve même
encore dans ce moment à parcourir ses
ouvrages chéris ; jugez de ma satisfaction à leur première lecture ! C'est un
charme, une volupté sentimentale que
de rendre hommage à l'être qui règne
sur notre cœur. Ah ! c'est une jouissance qui ne peut être bien définie que
par celle qui l'a goutée. On croit par-

tager les succès de son ami. Est-on
éloignée de lui? on s'entoure de ses
productions littéraires, et au sein de
cette intéressante famille qui vous rap-
pelle son aimable père, on reconnait
les différens traits qui caractérisent celui
que l'on chérit avec de si doux transports.

Ma tragique aventure avait fait grand
bruit et attirait tous les curieux de la
ville et des environs. On venait me voir
comme une merveille, et malgré les
efforts de Dorigny, j'étais accablée de
visites importunes. Dans ce nombre il
y en eût une qui pensa devenir tragique pour moi. Un Commissaire du
Gouvernement, envoyé en mission et
passant à Avranches, visita les hôpi-
teaux. On lui raconta mon aventure.
A l'instant où il était devant mon
lit, il tira son sabre, disant qu'il voulait délivrer la terre d'une aristocrate.
Les personnes qui l'accompagnaient
l'empéchèrent de se rendre coupable

de ce trait de acheté. Malheureuse-
ment, on a trop d'exemples de ce genre
à citer ! Le Père de Dorigni qui était
pour lors en Normandie , fut instruit de
cet événement, et ayant appris mon
nom , il se rendit aussitôt à Avranches
pour empêcher son fils de faire des
folies si dangereuses , disait-il , dans sa
place et dans ma position. Touché
pourtant de la circonstance qui nous
avait réunis et de la bizarre rencontre
que le destin avait décidé, il eut pour
moi tous les égards possibles. Je dois
même vous avouer , mon Elvire, qu'il
fut surpris de ma beauté. Pourquoi ne
parlerai-je-pas à mon amie de cet
avantage que me donna la nature, et
pourquoi ne jouirait-on pas de cette
heureuse préférence ? Faire toujours
les honneurs d'une fausse modestie sur
sa beauté , me parait une dissimulation
si ridicule, que sans tirer vanité de la
mienne , je n'ai jamais caché que je
savais être mieux qu'une autre. Mais

G 2

j'ai aussi persuadé par ma conduite,
que je n'avais point la petitesse de
m'en attribuer la gloire. J'ai, comme
vous savez qu'on me le disait, une de
ces figures à la romaine, qui portent
un caractère très-prononcé. Mes grands
yeux noirs, mes longues paupières, mes
sourcils et mes cheveux de même couleur, contrastaient si bien avec l'é-
blouissante blancheur de mon teint,
que l'on en était étonné. Mon nez bien
fait et ma bouche parfaitement ornée,
formaient une ensemble assez piquant.
Ma taille proportionnée et svelte,
fesait voir que la nature n'avait pas
manqué ses soins. J'étais convalescente
quand M. Dorigni, père, arriva. La
langueur que l'on appercevait dans
mes traits et ma pâleur, me donnaient
un air intéressant, auquel il ne put
résister. Je reçus de lui des témoignages d'amitié que je n'osais attendre.
Pourtant sa volonté ne changea point
quand à mon mariage avec son fils.

Dorigni n'avait encore que vingt-deux ans. Il alléguait sans cesse cet obstacle, mais je m'appercevais trop que l'obscurité de ma naissance, était le plus invincible. Dans un entretien particulier que j'eus avec lui, je lui fis paraître des sentimens assez généreux pour me sacrifier au bonheur de son fils. Ma fierté était blessée de ses refus, et je lui promis de me soustraire à ses tendres soins dès que ma santé me le permettrait : il m'offrit les secours les plus généreux, que je lui promis d'accepter quand je serais prête à m'éloigner. Néanmoins, mon projet n'était point d'en faire usage. Parmi les différentes personnes qui étaient venues me voir, une ancienne Dame de qualité qui avait ses possessions aux environs d'Avranches, m'avait fait de fréquentes visites. Les rides et les ravages de la vieillesse n'avaient servi qu'à imprimer un caractère de respect à tous ses traits qui annonçaient un reste de beauté

majestueuse. L'âge n'avait pas glacé
sa sensibilité, et dans les entretiens
différens que nous avions eu, j'avais
remarqué qu'elle avait sçu recueillir
dans son printemps l'esprit et les connaissances qui font oublier les glaces
de l'hiver. Qu'une femme est à plaindre
quand elle n'a point de motifs de consolation pour la perte de sa beauté et
de sa jeunesse! Madame de Mainville,
(c'était le nom de cette respectable
femme,) réunissait tout ce qui pouvait
justifier ma confiance. Elle paraissait
la desirer et sur-tout connaître ce qui
m'était arrivé antérieurement. Je lui
demandai la permission de lui écrire,
ce qu'elle m'accorda. Je lui fis le récit
de toutes mes infortunes ; je ne lui cachai point mon attachement pour Dorigni, mon dernier entretien avec son
Père et mon projet de m'éloigner, de
tout sacrifier au devoir, sur-tout à la
délicate fierté qui ne me permettait
point de recevoir plus long-temps les

soins qu'il me donnait. Madame de Mainville fut touchée de ma résolution. Elle m'offrit un asile chez elle, en me promettant amitié, conseils et secours. Une fois tranquile, nous aviseront, disait-elle, aux moyens de prendre un parti convenable aux circonstances ou vous vous trouvez.

Vous imaginez bien, ma chère Elvire, que la proposition fut reçue avec reconnaissance et empressement. J'en fis part à M. Dorigni père, et convins avec lui d'en instruire son fils avec ménagement. Cette nouvelle, toute agréable qu'elle fut pour moi, me causa une vive peine. J'allais être séparée de Dorigni. Quelques visites remplaceraient seulement tous les instant de bonheur que nous passions ensemble. Les témoignages de sa tendresse et de son amour furent une épreuve cruelle pour ma raison. Qu'il est affreux de se voir l'objet des affections de l'être que l'on chérit le plus

au monde et de briser soi-même ses
chaînes! je devais la vie à Dorigni,
et j'allais le trahir! Oh! que la vertu
s'offre à nous quelquefois sous des
dehors peu séduisants! heureux qui se
soumet sans peine au devoir qu'elle
prescrit! mais c'est une erreur, elle
cesserait d'être vertu s'il ne fallait pas
d'efforts pour la pratiquer. Après avoir
éprouvé avec Dorigni une scène d'attendrissement qui m'avait fait souffrir
au de-là de toute expression, j'at-
tendis Madame de Mainville, elle
arriva bientôt après. Elle eut avec
Messieurs Dorigni l'entretien le plus
consolant et le plus flatteur. Elle se
rendit l'interprète de ma vive reconnaissance pour eux. Elle les engagea
à venir nous voir souvent, et ne les
quitta point sans être attendrie de l'excessive douleur du jeune Dorigni. Il ne
savait rien feindre, l'on pouvait juger
à l'expression de sa figure, des émotions de son ame. Pour moi, je souf-

frais aussi, mais l'amour propre, ce
mobile de toutes nos actions, soutenait
mon courage et me dissimulait les tourmens que j'éprouvais d'une résolution
que l'on peut vraiment nommer crime
d'amour. Le mouvement de la voiture
me fatigua beaucoup et donna quelques
inquiétudes à ma généreuse protectrice.

A notre arrivée à son Château, elle
me fit conduire dans ma chambre, elle
voulut absolument que je me mette au
lit ; elle me promit, pour m'y décider,
de rester auprès de moi. Nous eûmes
ensemble une conversation des plus
attachantes. Je ressentais auprès de
cette Dame un intérêt qui tenait du respect et du devoir, il semblait que ce
fut une parente que le Ciel m'eut permis de retrouver ; j'osai lui faire
part de cette émotion. Elle m'avoua
qu'elle était elle-même étonnée du
genre d'attachement qu'elle avait conçu
pour moi. Vous me rappellez me dit-
elle, une sœur tendrement chérie que

j'ai perdue depuis bien des années. Le
son de vôtre voix est absolument sem-
blable au sien ; vous lui ressemblez
aussi, vous verrez demain son portrait.
Au reste, ma chère, Isaure, que faut-
il de plus pour intéresser ? de la beauté,
de la vertu et du malheur ? que de
titres à l'estime des ames sensibles !
Notre première soirée se passa ainsi
dans de consolans entretiens. Toutes
celles qui la suivirent eurent le même
charme. Les doux épanchemens du
sentiment les rendirent encore plus
précieuses. Je découvris toujours de
nouvelles qualités dans Madame de
Mainville, mon respect et ma tendresse pour elle égalaient mon admiration.

Le lendemain, je reçus la visite du
jeune Dorigni. L'inquiétude qu'il avait
eu sur ma santé, ne lui avait pas permis de contenir son impatience. Il me
trouva un peu abattue, mais aussi bien
qu'on pouvait l'espérer. Pour lui, il

était triste et pensif; il s'accusait de cette tristesse qui dénotait de l'égoïsme. Puis-je, disait-il, ne pas me réjouir de ce qui peut être avantageux à mon Isaure. Je devrais être enchanté de cette protection qui semble une faveur du Ciel, et malgré moi une secrète tristesse livra mon cœur à la plus noire mélancolie. Isaure, je ne serai heureux que quand j'aurai obtenu votre main. Profitez de l'intérêt que vous témoigne Madame de Mainville, pour vous en faire une protection auprès de mon Père. Il allègue en vain ma jeunesse; c'est un prétexte frivole. Mon sort uni au vôtre, je ne craindrai rien; l'amour, tel que je l'éprouve, conduit à toutes les vertus.

Mes larmes étaient ma seule réponse. Pourtant, je l'engageais à la patience et sur-tout à ne point irriter son Père par son obstination. N'êtes vous pas sûr du cœur d'Isaure, lui dis-je, le temps, ni l'absence ne pourront

changer ses sentimens. Dorigni, à ces
mots, éprouva un frémissement dont
il ne put se rendre compte. C'est une
faiblesse, sans doute, me dit-il, mais
ce mouvement des sens est un pressentiment funeste. Nous serons malheureux, Isaure ; les amans sont supé-
rieurs aux autres. — Pourquoi n'au-
raient-ils pas des affections plus délicates
qui les avertissent des dangers pour les
éviter ? Promettez moi de parler encore
à mon Père, il vous aime, vous ob-
tiendrez tout.... Je ne pouvais plus
sontenir une conversation si pénible.
Mon cœur se brisait. L'affreuse dissimulation à laquelle je m'étais volon-
tairement condamnée, me donnait l'air
d'une coupable devant son juge. Dorigni
ne m'en fit point le reproche; mais je
vis qu'il se retira plus affligé. Je
donnais un libre cours à mes larmes
lorsque Madame de Mainville entra.
Eh bien, ma chère enfant, me dit
elle, vous souffrez ! Ah ! Madame,
lui

lui dis-je, j'ai promis l'impossible ;
tromper Dorigni est un effort au-dessus
de mes forces. Alors, elle me consola
avec bonté, me promit d'avoir un
entretien avec M. Dorigni père. Elle
sentait que nous ne pouvions plus être
heureux séparés, et loin de traiter notre
amour de faiblesse, elle le regardait
comme un des effets de la destinée.
La contrarier, suivant elle, était un
grand tort. On vint la demander, je la
rejoignis dans le salon quelques instans
après, et m'étant assise vis-à-vis d'elle,
mes yeux se fixèrent sur le portrait
dont elle m'avait parlé. Je crus à cet
instant voir mes traits repetés dans une
glace, tant ce portrait me représentait.
Je fis un cri de surprise. Madame de
Mainville se troubla.... Ne vous avais-je
pas dit, ma chère Isaure, que ce
tableau était vôtre image. Puissiez-vous
ne pas lui ressembler en tout ! Hélas !
elle ne fut pas heureuse, ma pauvre
sœur ! un fatal amour lui fit éprouve

Tom. I.   **H**

bien des tourmens. Elle mourut au
printemps de son âge, victime de la
barbare ambition de mon Père. Nous
étions séparées. Elle était chez une de
mes tantes, sœur de mon Père, aussi
sévère que lui. J'étais déjà mariée,
toute occupée alors d'alaiter mon premier enfant, j'ignorai long-temps sa
perte. Vous ne pouvez vous imaginer à
quel point cette ressemblance vous rend
chère à mon cœur. O mon amie! soyez
ma fille d'adoption, j'en ai déjà pour
vous la tendresse. M. Dorigui père arriva
dans ce moment. Nous étions fort émues
toutes les deux, mais pour moi, j'éprouvais un sentiment inconnu, il me semblait que ce portrait était celui de ma
mère et que ses yex fixés sur moi,
s'attendrissaient. Bientôt, rougissant de
cette audacieuse pensée, je me rappel-
lai l'asile d'où j'avais été tirée, et
adressai en secret des excuses à la
mémoire de celle qui me causait un
si grand trouble.

Hélas! l'être infortuné qui ne connaît point ses parens, peut souvent être victime d'une séduisante erreur ! M. Dorigni s'informa avec beaucoup de tendresse de ma santé, et fit mon éloge à Madame de Mainville de la manière la plus délicate, il fut retenu pour passer la journée au château. Après le dîner, je les laissai seuls sous le prétexte de prendre l'air ; je fus dans le jardin qui était fort beau. La situation de la maison de Madame de Mainville était agréable; mais la vue y était extrêmement bornée, ce qui la rendait assez triste. Je me livrai à des réflections qui portaient le chagrin dans mon ame. J'étais à l'instant de perdre Dorigni une seconde fois. En rappellant successivement à ma mémoire tous les malheurs que j'avais déjà éprouvés, je me persuadais que le sort le plus funeste devait être mon partage. . . .

De retour au Château, je trouvai quelques amis de Mad. de Mainville,

qui me reçurent avec une affectueuse
bonté, ce qui me prouva combien elle
était aimée et chérie de ses voisins. M.
Dorigni me fit quelques recomman-
dations sur les ménagemens que je
devais encore observer pour ma santé,
et nous quitta. La soirée se passa d'une
manière agréable : personne ne témoigna
cette curiosité maligne, si embarrassante
pour celui qui en est l'objet. Mon cœur
était pénétré de reconnaissance pour
tous les égards que l'on me prodiguait.
Quand la société se fut retirée je gardai
le silence ; je n'osais faire des questions
à Madame de Mainville sur son entretien avec M. Dorigni. Mes regards
l'intérogeaient et semblaient lui en demander compte. Elle s'en apperçut et
me dit avec une expressive bonté que
je n'oublierai jamais : Hélas ! ma chère
enfant, vous aurais-je laissé desirer le
résultat de cet entretien s'il eut été
avantageux pour vous ! M. Dorigni vous
aime, vous estime, mais il ne peut

vaincre sa répugnance pour vous unir
à son fils.

L'ignorance dans laquelle vous êtes
sur votre naissance est un obstacle
invincible. Il m'en a fait l'aveu avec
tant de confiance que je ne puis lui en
vouloir. Son fils est l'objet de toutes ses
espérances. Il avait même en vue pour
lui un établissement des plus avantageux. Le père d'une riche héritière avec
lequel il est fort intimement lié depuis
nombre d'années, veut lui donner sa
fille et cimenter leur amitié par cette
union. M. Dorigni, bon père, homme
sensible et juste, ne veut point faire
le malheur de son fils, il respecte son
inclination, il a presque renoncé à ce
projet; mais il ne peut consentir à votre
mariage. Si vous parvenez à vous procurer des renseignemens sûrs, dans
quelque classe que vous ait placée le
sort, pourvu que vous apparteniez à
des parens honnêtes et vertueux, il
vous nommera avec gloire, sa fille et

H 3

son amie. Il faut, ma chère Isaure, tout tenter pour découvrir ce Monsieur d'Héricourt qui prit soin de votre enfance, lui seul peut vous instruire de cette vérité si importante pour vous. Ne vous laissez point abattre par le découragement, il ne faut jamais perdre l'espoir. Vous savez combien le Ciel vous protège, comptez donc sur sa bonté. Nous avons décidé que dès que vous seriez entièrement rétablie, vous feriez le voyage de Paris pour voir M. d'Héricourt, et l'obliger à vous donner les éclaircissemens qui vous sont si nécessaires. M. Dorigni augure tellement de la sagesse de votre esprit et de la force de votre caractère, qu'il ôse attendre de vous un service. Je l'ai assuré que ce ne serait point en vain. J'ai présumé que mon aimable Isaure ne me démentirait pas.—Ah! Madame, parlez, que faut-il faire pour vous prouver mon respect et mon attachement, et pour mériter vos bontés

ainsi que celles du père de mon ami. —
Il exige que vous lui fassiez un mistère
de votre départ; que vous gardiez un
secret inviolable sur le lieu que vous
habiterez, jusqu'à ce que vos recherches
ayent cessé d'être infructueuses. Je vous
entends, Madame, il faut perdre pour
jamais Dorigni! ne le croyez pas,
reprit Madame de Mainville, c'est une
épreuve, et non pas une ruse. Songez,
Isaure, que M. Dorigni, en travaillant
au bonheur de son fils, assure à jamais
le votre. Si l'intérêt que vous lui avez
inspiré; si l'amour qu'il ressent pour
vous résiste encore à ce nouvel effort
et triomphe de l'absence et des torts
apparens que vous aurez, Dorigni en
recevra la douce récompense. Croyez,
ma chère Fille, qu'il saura apprécier
l'effort de vertu que l'on exige de vous.
Je pris une des mains de Madame de
Mainville, je la pressai contre ma
poitrine oppressée; j'étais suffoquée par
la plus amère douleur. Je ne pouvais

articuler aucune parole. Elle était si
touchée de ma position, qu'elle mêla
ses larmes aux miennes. Ces précieuses
consolations de l'amitié calmèrent les
cruels chagrins de l'amour. Je lui
promis de me laisser conduire par ses
sages conseils. Je revis le jeune Dorigni le lendemain. L'impatiente curiosité
du doute et du desir s'éxpliquait dans
ses regards. Eh bien, me dit-il, ma
chère Isaure, mon Père à passé la
journée hier ici : avez vous eu cette
conversation si essentiellement nécessaire à notre bonheur ? Je frémis à
cette question ; mon cœur s'agitait,
mes yeux s'obscurcirent, ma voix devint tremblante, je ne pus articuler que
ces mots : Dorigni, soumettons nous
aux ordres de votre Père ; il exige que
d'ici à un mois on ne lui parle pas de
notre attachement et qu'on ne l'impor-
tune pas par de tristes plaintes : je l'ai
promis, espérons tout du temps ! Dorigni, affecté de cette nouvelle, mais se

livrant bientôt à l'espoir, cherche à
interpréter favorablement ce terme
fixé par son Père et par Madame de
Mainville. Ne pourra t-elle pas lui
parler en notre faveur, me dit-il ? Elle
l'a déjà fait, repris-je, et n'a pû obtenir
d'autres certitudes. Je souffrais tellement, que Dorigni employa toute son
éloquence pour me consoler. S'il eut
pressenti une partie des tourmens que
son Isaure souffrait, il n'aurait pas
trouvé la force de lui offrir des consolations. J'abrégeai ce supplice, en
l'engageant à passer avec moi dans
l'appartement de Mad. de Mainville.
Elle était prévenue de la fable que je
devais faire à Dorigni. Elle lui parla
avec cette touchante expression qui lui
était naturelle. Il sortit enchanté des
bontés de cette Dame. Quelques jours
se passèrent ainsi en combats pénibles
entre la raison et le devoir. Je sentais
aussi toute la peine que J'aurais à me
séparer de ma généreuse protectrice.

Mon cœur s'était fait une douce habi-
tude de la chérir, et il me semblait
déjà que je ne devais plus être privée
de sa chère présence. Cet instant arriva.
Il fut affreux pour moi. L'excesif chagrin que j'éprouvai en la quittant, était
sans doute le funeste présage que cette
douloureuse séparation serait éternelle.
Elle avait eu l'attentive prévoyance de
m'assurer un asile. Elle avait écrit à
Paris, à une de ses amies, pour la prier
de me recevoir, m'ayant annoncée
comme une jeune orpheline, que des
affaires appellaient à Paris, et qui avait
besoin des conseils et de la protection
d'une femme respectable. Elle sollici-
tait l'un et l'autre pour moi, en l'assurant qu'elle m'accorderait bientôt par
inclination ce qu'elle lui demandait par
égard pour elle dans ce moment. Elle
me donna toutes les instructions nécessaires, relativement au caractère de
cette Dame. Elle me conseilla de lui
cacher soigneusement tout ce qui m'é-

tait arrivé depuis ma sortie du couvent,
de ne point lui dire que j'avais été Religieuse. Son esprit sérieux, secondé
par une piété austère, la rendait peu
indulgente, et Madame de Mainville
redoutait sa severité et les réflections
désagréables qu'elle aurait pû faire sur
mon projet de mariage. Je connais vos
malheurs, me dit-elle, ma chère
Isaure; forcée de faire des vœux que
votre cœur détestait; en vous unissant à
Dorigni, vous cédez au premier penchant de votre cœur : cependant, vous
êtes liée irrévocablement par des ser-
mens dont il n'appartient point aux
hommes de vous affranchir; qui sait
même si ce n'est pas un des obstacles
que Monsieur Dorigni regarde comme
insurmontable...Après m'avoir donné
tous les conseils que son affection vraiment maternelle lui avait dictée, elle
me remit un porte-feuille qui contenait
12000 livres en assignats, ce qui représentait à-peu-près 2400 livres valeur

effective; puis elle me donna une bourse
de 50 louis , en m'assurant que la seule
manière de reconnaître ce qu'elle ferait
pour moi , était d'accepter sans résistance. Je suis trop heureuse , me dit-
elle , de réparer le tort de la fortune
envers vous. Hélas ! puissent tous ceux
qu'elle maltraite trouver les mêmes secours ! Son auguste figure fut obscurcie
par une teinte de tristesse qui m'alarma.
Ses paupières étaient humectées par des
larmes qui s'échapaient avec peine.
Elle m'avait paru affectée d'un chagrin
secret , mais elle ne m'en avait pas
rendu dépositaire , et je respectai sa
volonté. Elle avait eu , en outre du ca-
deau qu'elle m'avait remis , l'attention
délicate de me faire faire un trousseau
complet. Je fus donc comblée de ses
bienfaits.

Lorsque le jour de mon départ fut
fixé , nous en prevînmes M. Dorigni
père , afin qu'il éloigna adroitement son
fils. Je n'aurais pas eu le courage de
soutenir

soutenir ses adieux, et de dissimuler au dernier instant avec celui pour qui je n'aurais pas voulu avoir une peine secrete. Il fut convenu que je laisserais pour Madame de Mainville une lettre ostensible, par laquelle je m'excuserais de la quitter sans son aveu; mais que ne pouvant soutenir plus long-temps l'ignorance ou j'étais sur mon sort, je me décidais à faire le voyage de Paris pour m'en instruire; que j'aurais l'honneur de lui donner de mes nouvelles. Je la priais de m'excuser aussi auprès de Messieurs Dorigni père et fils, les assurant que la reconnaissance semblait m'imposer le devoir de m'éloigner d'eux, pour vaincre les obstacles qui s'opposaient à notre bonheur.

Cet artifice assez mal imaginé fut le seul qui nous vint à l'idée. Heureux ceux qui, en fait de supercheries, ne sont pas inventifs! Le tout ainsi décidé, je me séparai de ma chère bienfaitrice. La diligence devait passer le lendemain

matin à quatre heures, et comme le Château se trouvait sur la route, la voiture
devait s'y arrêter. Je ne voulais point
que le sommeil de ma respectable amie
fut troublé. Je pris donc congé d'elle
le soir même, elle me pressa contre son
sein ; mon cœur se brisait ; elle était
tout pour moi, et je sentais vivement
sa perte. Elle me fit promettre de lui
donner exactement de mes nouvelles,
s'engagea aussi à me donner des siennes
et de celles d'ı jeune Dorigni. Elle savait tout ce qu'il m'en coûtait pour
m'éloigner de cet objet chéri. Elle paraissait vouloir m'en dédommager par
les soins les plus délicats.

On imagine facilement que le sommeil ne me prodigua point ses faveurs
dans cette longue nuit. Je souffrais tous
les supplices que peut éprouver une
ame sensible. Les plus doux et les plus
précieux sentimens déchiraient tour à-
tour mon cœur. L'amour, l'amitié, la
reconnaissance, se fesaient sentir par

les élans de la douleur et les plus vifs regrets. Oh! qu'ils sont cruels les derniers instans que l'on passe près de ses amis.

Je me levai beaucoup plutôt qu'il ne le fallait, je m'habillai à la hâte et me rendis au salon. Il était encore un personnage muet qui devait recevoir mes adieux, malgré moi, je mettais une importance respectueuse à considérer pour la dernière fois le portrait de la sœur de ma bienfaitrice. Mes yeux, fixés sur cette chère image, se remplissaient de larmes, en songeant au peu de mots que Madame de Mainville m'avait dit des malheurs de sa sœur. Mon ame en était attendrie, malgré moi, je me surprenais à lui adresser des vœux, comme si ce tableau eut représenté une divinité. Eh! bien, image précieuse et chère, m'écriai-je, puisque je ne puis me défendre d'un intérêt si puissant, veillez sur moi du séjour céleste que vous habitez! Recevez les

I 2

vœux que je vous fais de vous revérer
au fond de mon cœur comme si vous
étiez ma mère , de ne jamais rien
faire qui puisse m'obliger à rougir devant vous. Dirigez toutes mes actions et
rendez les dignes de vous.

Je tombai ensuite dans une rêverie
si profonde, que je n'avais pas vu
entrer l'homme d'affaires de Madame
de Mainville , fesait le voyage avec
moi , car elle n'avait pas voulu m'ex-
poser seule dans une voiture publique.
Il m'avait parlé plusieurs fois avant que
je pusse lui répondre. Je rougis de cet
oubli. Je déjeûnai avec lui. La voiture
se fit entendre et nous partîmes.

J'abandonnais tout ce qui m'intéressait. Pour la première fois, depuis long-
temps, j'avais à regreter des êtres
chers. Ah! s'il est affreux de s'en séparer , il est plus affreux encore d'ignorer
le charme précieux de l'amitié ! Mon
voyage n'offrit aucun évènement intéressant. L'intendant de Madame de

Mainville était un sage vieillard qui, choisi par elle, possédait quelques unes des vertus qu'elle réunissait. J'eus la douce consolation de m'entretenir d'elle pendant toute la route. Les éloges que ce bon serviteur donnait à sa maîtresse me causaient une douce satisfaction qui servit à calmer mon excessif chagrin. Je connaissais le caractère de Dorigni, et mon cœur pressentait tous les tourmens du sien.

Nous arrivâmes vers le soir à Paris, je fus conduite chez Madame Remond, c'était le nom de l'amie de Madame de Mainville. D'après cette qualité, je me figurais qu'elle devait lui ressembler pour les graces et l'aménité, malgré tout ce qu'elle m'en avait dit, un seul coup d'œil me suffit pour perdre cette opinion avantageuse. Je ne sais si c'est une erreur de mon esprit; mais la première impression que je reçois à la vue d'un étranger ne me trompe jamais. Je trouve que l'on porte toujours sur sa

I 3

figure l'expression de son caractère.
D'après cette idée, je ne dus pas bien
augurer de celui de Madame Rémond.
Elle était petite et contrefaite; elle paraissait avoir au moins soixante ans, et
la vieillesse n'avait respecté aucun de
ses attraits. Une voix aigre répondait à
tant d'avantages : enfin, c'était le contraste parfait de Madame de Mainville.
Envoyée par elle, je fus reçue avec
beaucoup d'égards ; cette femme
m'inspira d'abord une timidité que je
n'ai jamais pu vaincre. Après les premiers complimens d'usage , elle me
parla avec intérêt de son amie , (je
remarquai qu'elle causait beaucoup),
mais avec infiniment d'esprit, toutes
ses expressions étaient choisies et ses
idées paraissaient neuves. Je lui racontai, ainsi que j'en étais convenue avec
Madame de Mainville, que j'étais une
orpheline, que j'avais un parent qui
avait pris soin de mon enfance et m'a-
vait placée au couvent, que je venais

à Paris dans l'espoir de le retrouver.
Quand à mes blessures qui paraissaien.
encore, je les attribuai à une chûte.
Elle me plaignit beaucoup d'être obligée
de séjourner dans un pays qu'elle trouvait si contagieux pour les mœurs. Elle
me fit une longue énumération de tous
les désagrémens de cette ville. Je ne
pensais pas tout-à-fait comme elle, et
je me proposais bien quelques distraction en admirant les beautés et les chefs-
d'œuvres qu'elle renferme ; mais ma
compagne ne me fesait point présumer
que cela fût facile. Je m'étais fait de
Paris une peinture si séduisante, que
je croyais que tout devait se ressentir
des charmes que l'on m'avait tant
vantés. D'abord, l'appartement de Mad.
Remond devait être, suivant moi,
petit, bien élégament décoré, et sa vue
donnant sur un des plus jolis quartier.
Au lieu de cela, il était vaste, antique
et meublé depuis cinquante ans au moins.
Il était situé derrière la place Royale

au Marais, et n'offrait qu'une vue
aussi triste que bornée. Ce contraste me
causa bien un peu de regrets; cependant
quittant mon rôle d'observateur pour
me rappeller mes infortunes, j'eus bientôt oublié ces petits désagrémens. Mon
premier soin fut de chercher à me con-
cilier l'amitié de Madame Remond. Je
me conformai à tous les usages prescrits chez elle. Ils ressemblaient beaucoup à ceux de mon couvent, et j'étais
loin d'imaginer trouver dans ce Paris
si séduisant, une retraite aussi austère.
Il m'en coûta, sans doute, moins qu'à
une autre de m'y accoutumer. Les
premiers jours se passèrent sans que
j'obtinsse la permission de sortir. J'écrivis à Madame de Mainville. Je lui
parlai avec tout l'abandon de la confiance. Je lui exprimai mes regrets
avec sensibilité : je ne craignis point
de l'offenser en lui fesant la comparaison d'elle à son amie, et des différentes impressions qu'elles avaient
produites toutes deux sur moi.

Il fut décidé par Madame Remond
que je profiterais du séjour que ferait
à Paris l'intendant de Madame de
Mainville, pour faire avec lui les démarches nécessaires, à l'effet de retrouver M. d'Héricourt, et qu'ensuite, je
sortirais avec sa femme de chambre,
quand la chose serait absolument nécessaire. Elle tenait sûrement cette
fidelle suivante de son ayeule, car elle
avait au moins quatre-vingt-dix ans :
une autre femme un peu moins âgée ,
et deux vieux laquais, formaient tout le
domestique de ma nouvelle protectrice.
On se levait très-matin chez elle, et
l'on se couchait de bonne heure.
Chose si rare à Paris ! On dînait à une
heure et l'on soupait à neuf, et quand
le Ciel dégagé de tout nuage, annonçait
un calme invariable, j'avais l'honneur
d'accompagner Madame Remond dans
une promenade qu'elle fesait sur le
Boulevard du Temple. Assise pendant
quelques heures, elle me fesait la cri-

tique du peu de femmes élégantes qui
passaient sur cette promenade. J'eus
l'occasion de remarquer son antipathie
pour les spectacles. En m'informant de
quel genre étaient les Théâtres que
nous avions en face de nous, elle me
fit une longue sortie contre ce plaisir
aussi funeste, disait-elle, que fatal aux
mœurs. En un mot, il n'était pas possible d'être plus éloigné de Paris, qu'en
l'habitant avec cette Dame. La révolution avait en outre aigri son caractère,
déjà assez atrabilaire. Elle voulait à
toute force que la loi sur la liberté des
Religions fut observée fidellement. Elle
courait jusqu'aux cinquième étage des
maisons les plus reculées, pour avoir
une messe à son gré. Enfin, il était impossible de réunir plus d'esprit à plus
de ridicules, et pendant les six mois
que je passai avec cette Dame, je n'eus
de plaisir que celui que le hazard, qui
devait m'être toujours propice, m'offrit
par la plus heureuse rencontre. Parmi

les visites que l'on rendait à Madame
Remond, il y avait un ancien Officier
assez aimable, qui venait toujours en
embassade de la part de la voisine de
la campagne, faire compliment e
amitié. On en parlait sans cesse, et on
ne la nommait jamais. Il fut décidé
que malgré le froid et la mauvaise
saison, on ferait un petit voyage à la
campagne de Madame Remond pour
arranger quelques affaires, et l'on devait donner au moins huit jours à la
bonne voisine. Ce petit déplacement
me plaisait assez, je ne pouvais que
gagner au change, rien ne me retenait à Paris. J'avais été à l'adresse
que j'avais de M. d'Héricourt. Il n'était
point connu, et l'on n'avait pû, ni
voulu me donner aucuns renseignemens. J'avais été chez un notaire
chargé de ses affaires. Il le connaissait
effectivement, mais il le croyait en
campagne ; il ne savait pas précisément
son adresse ; il me promit, avec assez

mauvaise grace, d'écrire pour s'en
informer. Ce ne fut pas sans beaucoup
d'inquiétude que je vis le peu de
moyens de réussir dans mes démarches. Il était facile d'appercevoir que
l'on cherchait à me cacher la retraite
de M. d'Héricourt, ce qui m'affligeait
beaucoup. Je rendis à Madame, de
Mainville un compte exact de ce que
j'avais fait. Je lui avouai même une
petite supercherie envers Madame
Remond. Je lui avais fait accroire que
j'avais passé la matinée à attendre le
notaire de M. d'Héricourt, tandis que
ce temps avait été employé par le bon
Intendant à me faire voir les Tuileries,
le Louvre et le Muséum, où, comme
étrangers, il nous fut permis d'entrer.
Je fus émerveillée de la beauté des
tableaux que j'y vis : la peinture excitait bien mon admiration ; mais j'étais
sur-tout enthousiaste de la musique.
J'aurais donné l'impossible pour entendre exécuter celle dé *Méhul* et de
Lesueur.

Lesueur. Celle de nos anciens maîtres
me plaisait sûrement beaucoup, mais
je m'honorais d'être du siècle de ceux-
ci. Combien je désirais aussi d'entendre
celle de l'aimable compositeur *Dalay-
rac*! C'est le peintre de l'ame sensible,
et tous ses charmantes romances sont et
seront toujours précieuses aux tendres
amans. Comme il n'y avait ni spectacles,
ni concerts le matin, je fus obligé de
m'en tenir à l'emplette de quelques
partitions de musique. Mad. Remond
avait un clavecin que j'avais fait accorder, avec sa permission, et je travail-
lais toute la journée. Les airs langou-
reux étaient ceux que je choisissais de
préférence. Ils étaient analogues à la
position de mon ame.... J'entre dans
tous ces détails, avec vous, ma chère
Elvire, comme je le fis avec Madame
de Mainville. Cette respectable ame
m'écoutait avec bonté, faites en de
même. Vous savez sans doute, que
l'historien qui raconte ses propres

avantures est minutieux sur une infinité
de choses.

Madame de Mainville répondit sur
le tout avec le plus complaisant intérêt.
Elle me donnait aussi des nouvelles de
Messieurs Dorigni. Le père était enchanté de ma déférence à ses avis. Il
desirait que mes recherches le missent
bientôt à même de couronner les vœux
de son fils. Celui-ci avait été furieux de
mon départ. Il le trouvait un trait de
démence et d'étourderie. N'avoir pris
de conseils de personne, devait être re-
gardé, disait il, comme une offense
pour Madame de Mainville, et comme
une infamie pour lui. Ce malheureux
jeune homme, tourmenté par sa passion, et encouragé par l'excessive bonté
de ma protectrice, osait l'importuner
de sa douleur et la rendre confidente
de ses doutes. Madame de Mainville
voulut bien calmer sa bouillante imagination. Elle lui peignit avec chaleur
ma conduite et mes procédés sous les

couleurs délicates qui pouvaient les embellir. Si elle ne parvint pas à m'excuser
entièrement dans son esprit, elle réussit
au moins à lui persuader que j'étais
incapable de l'oublier et que le temps
justifierait les apparences si souvent
trompeuses.

Ce détail des souffrances de Dorigni
me fut bien sensible. Je remarquais
des soupçons outrageans pour un cœur
qui lui était tout dévoué, et je cherchais
en vain le moyen de le convaincre que
toutes mes démarches n'avaient pour
but que notre bonheur commun, lorsque ce moyen vint s'offrir ainsi que je
vais vous en informer.

Le jour fixé pour notre départ à la
campagne, Madame Remond, le vieux
Officier, la femme de chambre et moi,
nous montâmes dans une antique ber-
line qui ne sortait de la remise que
dans les grandes occasions. Depuis que
Madame Remond n'avait plus son
équipage, elle n'allait en voiture que

pour voyager. Nous arrivâmes à cette
campagne, située à quatre lieues de
Paris. Elle répondait parfaitement à la
maison de la ville. Après un léger dîné
il fut convenu que l'on irait chez la
bonne voisine sans la faire prévenir.
Je partageai, je ne sais pourquoi le
plaisir de la surprise. Nous arrivons à
la maisonnette. On l'appercevait à
peine, quelques arbres, formant un
petit quinconce la cachaient presqu'entièrement. Une jolie avenue de tilleuils,
bordée de deux haies vives, conduisait
à la porte d'entrée. On traversait une
petite cour, et l'on se trouvait dans une
salle de forme octogone. Une simplicité
récherchée en fesait l'ornement. Cette
salle était déserte dans ce moment : une
porte ouverte qui donnait dans le jardin
nous fit présumer que les habitans de
ce charmant manoir, profitaient d'un
rayon de soleil pour leur promenade.
Nous nous mettons à leur recherche,
et au bout d'un petit jardin Anglais,

nous appercevons sur une terrasse une Dame d'un certain age, accompagnée par une jeune Fille de 12 à 14 ans, à coté étaient deux jeunes Garçons folatrant. La jeune Fille, qui nous apperçut, s'écria : Maman, Mad. Remond et sa nouvelle compagne. La Mère s'avance auprès de Mad. Rémond, l'embrasse affectueusement, me fait un salut gracieux, et commence à faire des reproches amicals et flatteurs sur le mystère de notre arrivée. La conversation se lie bientôt, Madame Remond quitte mon bras pour prendre celui de son amie. La jeune Demoiselle se trouve près de moi, et cherche par quelques mots à lier aussi l'entretien. Le vieux Officier courait avec les deux petits garçons qui l'appellaient leur bon camarade, et s'en étaient emparés. L'aisance et la franche aménité paraissaient regner dans cette famille. Elle me plût au premier abord. On se rendit à la maison ; la conversation devint géné-

rale, elle fut intéressante et gaie. On
me parla avec intérêt. Mad. Remond,
contre son ordinaire, fit mon éloge.
Elle louait rarement. Elle dit que j'é-
tais très-bonne musicienne. Il y avait
un forté-piano ouvert; la jeune personne m'invita avec grace d'en toucher.
Je ne me fis pas prier : je reçus des fé-
licitations si simplement, si franche-
ment données, qu'elles avaient l'air
d'un juste tribut accordé au talent. Ce
sont ces louanges, ma chère Elvire,
qui sont dangereuses; elles ressemblent
trop à la vérité. Je quittai le piano
pour reprendre place dans le petit
cercle, espérant qu'enfin je saurais chez
qui nous étions. Si j'ignorais le nom de
cette famille, je pouvais assurer qu'elle
m'éritait le titre d'aimable. Madame
Remond commença une longue histoire
qu'on avait l'air d'écouter avec attention, j'avoue que je ne la partageai
point. Je me trouvais si satisfaite de
ma nouvelle société, que je m'occupais

déjà du chagrin de m'en séparer. J'ob-
servais tout ; il me semblait remarquer
sur chaque figure quelques traits qui
ne m'étaient-point inconnus. Je me
sentais du penchant à aimer toutes ces
personnes. La Mère me paraissait sur-
tout mériter mon respect et mon tendre
hommage. Enfin , au milieu de ces réflexions , l'éternelle anecdote de Mad.
Remond se termina. L'officier , adressant la parole à la maîtresse de la
maison, lui dit : vous recevez , sans
doute, des nouvelles de Monsieur votre
mari, il est en bonne santé ainsi que
le jeune homme? Oui, répondit-elle ,
mon mari se porte bien , il me
marque dans la lettre que j'ai reçue
hier, que mon fils est encore indis-
posé, qu'il a de la fièvre , qu'il est
toujours mélancolique. On ne le gué-
rira jamais de la funeste passion qu'il
a eu , et M. Dorigni aura , peut être,
a regreter toute la vie, le refus qu'il a
fait à son fils. Que devins-je à ces mots,

ma chère Elvire! je ne puis en vérité
vous le dire. Je ressentais une joie
vive, une émotion douce, en me
trouvant au sein de la famille de Dorigni; à même de cultiver leur société,
et sur-tout de pouvoir lui prouver que
mon absence avait un motif louable!
Il ne falait pas moins qu'une telle preuve
pour persuader son caractère jaloux.
Je me crûs transportée dans une autre
région. C'est alors que je fus enchantée
d'avoir caché toutes mes avantures à
Mad. Remond. J'entendis parler de
cette jeune personne que Dorigni aimait, et pour laquelle il avait sollicité
si vainement son Père. Madame Dorigni dit que si son Mari avait voulu suivre ses conseils, il aurait consenti à ce
mariage : que plus une femme devait de
reconnaissance à son époux, plus elle
mettait de soins à le rendre heureux,
quand elle était délicate. Elle fit alors
le portrait de la jeune novice. Ah!
mon Elvire! je vous avoue que c'eût

été le plus doux triomphe pour mon amour-propre, si j'avais pû le croire vrai. Il fut ensuite question de la femme que Dorigni avait sauvée. M. Dorigni père s'était bien gardé de dire que c'était la même personne que son Fils aimait. Il en avait parlé à sa femme comme d'une étrangère, en lui cachant même que ce fût une Religieuse, et lui avait marqué qu'elle était retournée dans sa famille. J'étais fort émue pendant cet entretien, il était temps qu'il finit. Madame Dorigni après avoir parlé de son fils avec toute la tendresse maternelle, changea de conversation. Madame Remond n'avait point dit par qui je lui étais recommandée, ni d'où je venais, de sorte que l'on ne m'avait nullement interrogée. Ce qui fut fort heureux pour moi. Mad. de Mainville de son côté n'avait point instruit Monsieur Dorigni des soins qu'elle avait pris de m'assurer un asile, et quand par la suite, Madame Dorigni lui

parla de sa jeune amie, il était loin
de se douter que ce fut Isaure. J'a-
vais pris le nom de Clémence de Saint-
Fard. J'aurais bien voulu savoir pourquoi ma bonne Zoë s'en était séparée
de ces aimables parens ; mais hélas !
je devais garder un secret profond sur
mes relations antérieures avec elle, son
frère et son Père. Ce n'était que par
cette innocente ruse que je pouvais
conserver la douce satisfaction de me
trouver parmi eux. Si je manquais à la
promesse que j'avais faite à Monsieur
Dorigni, enveloppée d'un voile mys-
térieux que l'on ne pouvait pénétrer,
étais-je donc coupable de chercher à
mériter l'affection des parens de mon
cher Dorigni et à me raprocher de lui ?
Une légère colation fut offerte : elle né-
cessita un petit déplacement, on passa
dans un appartement voisin. La jeune
Demoiselle, que l'on appellait Azelie,
me proposa un tour de jardin ; je l'ac-
ceptai avec empressement. Je fis tous

les frais de l'entretien : cette petite était
charmante ; mon âge bien différent du
sien, la rendait un peu timide. J'avais
bientôt 19 ans, elle en avait tout au
plus 14. Néanmoins je parvins bientôt
à triompher de cette timidité. Elle me
fit une foule de questions enfantines,
j'y répondis, et je lui en fis à mon tour
de plus intéressantes pour moi. Elle
m'apprit que sa sœur Zoë était à Or-
léans chez une de ses tantes, qu'elle
en avait une autre à Paris, et que ses
deux frères étaient ordinairement en
pension. Elle me parut douce et naïve.
Elle me fit parcourir tout le jardin.
L'hyver, dans sa sombre aridité ne
permettait guères d'en remarquer la
beauté, il me parut seulement on ne
peut mieux distribué. Azélie me donna
l'explication que voici : le jardin pota-
ger, me dit-elle, est à Maman ; ce
parterre à la française est à moi, il appartenait avant à Zoë ; mais tout ce qui
entoure la pièce d'eau est à Papa ; et

le jardin anglais est l'ouvrage de mon
frère. Papa ne voulait pas absolument
consentir à perdre tant de terrein :
Maman l'obtint, à la condition que
partout on joindrait l'utile à l'agréable.
En effet, vous verrez ce printems
comme ce sera joli et bien cultivé. Oh !
mon pauvre frère ! mon bon Joseph !
que n'est-il ici! vous l'aimeriez
Mademoiselle, j'en suis sure. Je suis
bien plus heureuse quand il est avec
nous. Il fait de Maman tout ce qu'il
veut et c'est toujours lui qui obtient les
graces. Je ne pus m'empêcher de pres-
ser la charmante Azelie contre mon
cœur et de l'embrasser avec tendresse.
Elle fut enchantée de cette démonstra-
tion, me demanda si nous resterions
long-temps à la campagne et si je
viendrais souvent la voir. Je le lui promis et nous rentrâmes. On quitta Mad.
Dorigni, que Mad. Remond invita à
diner pour le lendemain ainsi que toute
la famille. M. Duplessis, c'est le nom
du

du vieil Officier, insista sur-tout pour que ses deux amis fussent de la partie, ce qui fut accordé. Oh ! combien de bonheur j'emportais de cette heureuse visite! L'infortunée Isaure, loin de son amant, condamnée à le fuir, vient précisément se réfugier au sein de sa famille ! qu'elle jouissance pour elle si elle parvient à mériter l'estime et l'attachement de toute cette famille! si un jour elle peut connaître ses parens elle sera heureuse.... La plus flatteuse espérance embellissait de son charme enchanteur l'avenir de ma destinée. Je ne voyais plus de malheurs ni de contrariétés. l'inexprimable satisfaction de prouver à Dorigni que j'étais digne de lui, me transportait de joie. J'en fus plus expensive auprès de Madame Remond. Je parvins à vaincre ma timidité, et j'eus pour elle quelques soins qu'on ne peut devoir qu'à l'intérêt. J'eus assez d'adresse pour caresser son amour-propre. L'encens qu'on lui

offrait devait être fin et délicat, elle
avait de l'esprit et de la sagacité. Sur
tout autre point, il eut été impossible
de lui en imposer sur celui-ci, comme
tous les gens de mérite, elle cédait
au piège. Il est jonché de fleurs,
leur parfum suave et délicat, pénètre
toujours le cerveaux le plus sain. Elle
me sut gré de mes efforts et m'en
tint compte. J'appris de Madame de
Mainville, qui continuait avec moi la
correspondance la plus suivie, que
mon caractère lui convenait parfaitement. Il n'en était pas de même du
sien, mais je devais me conformer à
tout. J'avais d'ailleurs la consolation
auprès du désagrément.

Le lendemain, toute la famille Dorigni vint passer la journée à la maison.
Je redoublai de soins et d'égards pour
tout le monde. J'obtins l'attention de
Madame Dorigni: elle me fit une invitation aimable et flatteuse, en m'engageant à embellir leur solitude pendant

mon court séjour à la campagne. Elle
serait enchantée, me dit-elle, que son
Azélie puisse m'entendre souvent faire
de la musique, afin de saisir ma pré-
cision, et ensuite, s'adressant à Mad.
Remond, il faut, ma chère, nous quitter le moins possible, lui dit elle. Je
profitai d'une invitation si chère pour
moi. Pendant les dix jours que je passai
à la campagne, je donnai les plus
grands soins à Mad. Dorigni; j'eus le
bonheur de lui inspirer dans différens
entretiens une idée favorable de ma
façon de penser. L'expérience du malheur m'avait donné un esprit juste et
dégagé de la frivolité si ordinaire aux
femmes de mon âge. Mais je me gar-
dais bien d'être pédante ou précieuse,
ainsi que certaines femmes de mérite,
qui se rendent si ennuyeuses qu'on leur
saurait gré d'être moins savantes. Je
riais et folatrais avec la petite Azélie.
Je lui donnais des leçons sur le forté-
piano. Elle avait d'heureuses disposi-

L. 2

tions ; seulement il fallait du travail. La
bonne Mère me savait un gré infini de
cette légère complaisance. Elle ne se
doutait pas combien j'étais heureuse de
me trouver près d'elle ! j'aurais voulu
lui consacrer tout mon temps ; le
devoir m'entrainait auprès de Mad.
Remond. Elle eut même de l'humeur
de mes assiduités à la maisonnette.
M. Duplessis qui avait assez d'empire
sur son esprit, lui fit entendre raison.
Nous quittâmes la campagne à mon
grand regret. Madame Dorigni promit
de venir passer quelques jours à Paris.
L'hyver s'écoula ainsi sans apporter
aucun changement à ma position. Je
reçus de très-mauvaises nouvelles du
notaire de M. d'Héricourt. Il me fit
voir une lettre artificieusement inventée,
par laquelle on l'informait que Monsieur
d'Héricourt avait été effectivement à
cette campagne ; qu'il avait reçu pendant ce temps des nouvelles qui l'a-
vaient forcé de partir pour un long

voyage; qu'enfin il n'avait laissé son adresse à personne, et qu'on ignorait absolument le lieu qu'il habitait. Cette lettre m'affligea beaucoup : toutes mes espérances se trouvaient anéanties. Quelqu'un de plus au fait que moi de l'intrigue et de la ruse que l'on employe en affaires, ne s'en serait pas tenu à ces seuls éclaircissemens ; mais moi, sans expérience, sans conseils, (car Mad. Remond fort insouciante sur tout ce qui ne lui était pas particulier, ne donnait aucune attention à ce qui m'intéressait), je me désespérais et ne savais plus quel parti prendre. J'informai ma bienfaitrice de ce malheur. Elle me prodigua de nouveau ses précieuses consolations ; elle m'envoya une lettre pour un de ses amis qui prendrait de nouveaux renseignemens sur le compte de M. d'Héricourt. Elle me conseillait de cultiver la connaissance de Madame Dorigni. Le hazard qui m'avait amené à la connaître lui paraissait d'un heu-

L 3

reux augure. Cette aimable rencontre,
devait, disait-elle, me dédommager
amplement des petit désagrémens que
me causait la bizarrerie de Madame
Remond. Je savais bien, me disait
cette respectable amie, qu'elle avait
des ridicules; mais j'étais sûre que mon
Isaure, saurait les endurer. Il lui fallait
une retraite décente et honnête; elle doit
savoir supporter un peu d'ennui. Trop
de distraction serait dangereuse, peut-
être, sur-tout dans vôtre position. J'aurais voulu, ma chère Fille, vous choi-
sir une compagne plus aimable; comme
il faut tirer un sens moral de tout, re-
marquez dans Madame Remond le
défaut d'éducation. Elle a de l'esprit,
de la fortune, beaucoup d'avantages,
et elle ne se fait pas aimer. Elle a toujours voulu imiter les grands, elle les
a copiés dans leurs ridicules seulement.
Sa dévotion et sa retraite austère sont
encore des manies pour se donner plus
d'importance. Il faut la plaindre: elle

a des qualités, qui peuvent faire oublier ces petites imperfections. Souffrez donc avec patience et jugez vous-même, par l'exemple, combien toute espèce d'affectation est déplacée dans une femme. Elle joignait à une lettre si amicale et si chère, un billet à ordre pour toucher douze cents francs chez un banquier de Paris. Il ne faut pas, me disait-elle, que mon Isaure ait l'air d'être à la gêne. Comme je payais une faible pension chez Mad. Remond et que je n'avais point de dépense à faire pour ma toilette, vû les tendres soins de ma généreuse protectrice, j'étais loin d'avoir besoin de cette somme : elle ne voulut point la reprendre, m'obligeant à la garder comme un gage de sa tendre affection. Consolée par de si généreux soins, je repris courage. Je fus porter la lettre dont elle m'avait chargée pour Monsieur d.... C'était un vieillard respectable qui me promit de prendre des informations

exactes sur M. d'Héricourt. Ce léger
espoir fut le seul qui me resta. Je savais
que mon cher Dorigni, toujours occupé de moi, fesait de vains efforts pour m'oublier. Le silence que
j'avais l'air de garder avec Madame
de Mainville comme avec lui et son
Père, lui paraissait un trait d'ingratitude qu'il ne pouvait me pardonner.
Qu'il était malheureux l'infortuné jeune
homme! hélas! est-il un tourment
plus affreux que d'être obligé de s'a-
vouer que l'objet que l'on aime et que
l'on chérit, mérite le blâme ou le mépris? ah! sensible Dorigni! qu'il m'en
coûtait pour t'affliger ainsi! Le seul
adoucissemant à mes peines était le
plaisir de voir de tems à autre son
aimable famille.... Madame Dorigni
eut quelques affaires qui exigèrent sa
présence à Paris. Elle se décida à louer
pour trois mois un appartement voisin
du nôtre. On se voyait très-souvent et
j'y gagnai le grand avantage de passer

des journées entières chez Madame
Dorigni. Elle était généralement aimée
et estimée ; sans voir beaucoup de
monde, elle recevait une société choisie. Les arts et les talens en distinguaient chacun des individus. C'était
tout gens infortunés qui avaient été
riches autrefois ; le malheur les avoit
atteints ; mais une force d'esprit sou-
tenue, leur avait donné le courage de
ne se point laisser abattre par les revers.
Tous les plaisirs bruyans et dispendieux
de la Capitale étaient abandonnés par
ces aimables philosophes, et remplacés
par des entretiens instructifs et amu-
sans, qui fesaient passer des soirées
heureuses. La musique rivalisait avec
les autres talens : nous fesions des
concerts très-agréables, et cette existance était vraiment délicieuse. Mad.
Dorigni était l'ame de tous ces plaisirs.
Son esprit, son aménité lui donnaient
le droit de tout diriger, et tout le
monde était satisfait dans cette société

sans jouir des faveurs de la fortune,
car Mad. Dorigni était elle-même fort
gênée. Une nombreuse famille, à laquelle on donnait une éducation brillante, absorbait la plus grande partie
de ses revenus. J'admirais l'ordre et
l'économie qui régnait dans cette famille, et quand Mad. Dorigni n'eut pas
été mère de mon amant, j'aurais desiré
d'être sa fille.

J'éprouvais souvent des reproches
de Mad. Remond; j'avais tout lieu de
croire que mon intimité avec Madame
Dorigni, lui déplaisait. Elle était d'un
caractère à être jalouse de toutes les
préférences. Je parvins à lui faire entendre, avec assez de ménagement
pour ne point l'offenser, que je désirais jouir d'une liberté dont elle connaissait l'emploi, puisque je ne quittais
point son amie. Elle sortait rarement,
et comme elle passait ses soirées seule
dans le cabinet qui lui servait d'ora-
toire, je pouvais, sans manquer aux

égards que je lui devais, donner ce
temps à mes amis; il fallait être de
retour à neuf heures. Cet arrêt irrévo-
cable me contrariait beaucoup, il mettait obstacle au plaisir que je désirais le
plus: c'était d'aller au spectacle. J'avais
obtenu de Mad. Dorigni qu'elle me me-
nerait une fois à chacun des meilleurs
théâtres, pour m'en donner l'idée. On en
fit la partie, et l'on calcula que jusqu'à
neuf heures je pouvais voir les premières
pièces. Je fus au Théâtre des Arts; on
donnait Œdipe à Colone. Ce superbe
opéra m'intéressa plus peut-être qu'un
autre. J'enviais le bonheur d'Antigone,
ses infortunes me semblaient préféra-
bles au sort le plus brillant: elle donnait
à son Père des soins touchans, tandis,
hélas! que j'étais seule et abandonnée.
Ces tristes réflections nuisirent à mon
plaisir. Le lendemain nous fûmes à
Feydeau. On donnait Télémaque,
pièce de *Lesueur*. J'éprouvai une satisfaction inexprimable : je connaissais

tous les airs de cet opéra sublime ;
mais j'étais loin de me faire une idée
juste de cette musique et de sa superbe
harmonie. Je vis aux Italiens Strato-
nice, de *Méhul*. L'ouverture de cette
pièce me fit une impression que je ne
puis rendre ; je crois qu'elle doit être
vivement sentie par tous les amateurs
de musique. J'éprouvais un étonnement, un charme indéfinissable. Mon
ame était émue, mon cœur jouissait,
mon esprit était surpris : j'avais mille
fois éprouvé les sentimens que l'on dé-
peignait ; mais j'amais je n'avais pû
les exprimer de même.

Pardonnez-moi, chère Elvire ; ces
détails ne trouveront peut-être pas grace
auprès de vous, on goûte tant de plaisir à se rappeller les premières émotions
que l'on a éprouvé, qu'il est impossible
de s'y refuser. Ah ! si on se livrait d'a-
vantage à ces souvenirs, on ne se bla-
zerait pas si aisément sur les sentimens
qui font le bonheur de la vie !

J'avais

J'avais témoigné tant de plaisir au spectacle, que je m'attirai une petite réprimande de Mad. Dorigni. Elle avait cédé à mes instantes prières, ayant remarqué de la solidité dans mon esprit et dans mon jugement; mais elle n'avait pas voulu emmener Azelie, trouvant cette école des mœurs dangereuse pour son âge. Cette femme respectable eut avec moi une conversation sérieuse; elle me fit remarquer le danger de cet enthousiasme qui m'avait surpris d'abord, il annonce, me dit-elle avec bonté, une sensibilité étonnante. Craignez, mon aimable fille, de ne pouvoir plus la réprimer. Ce qui peint les passions avec tant de vérité, devrait apprendre à les maîtriser: on ne veut pas appercevoir l'ecueil, on ne saisit que ce qui s'accorde avec nos idées.... Je lui fis de sincères remerciemens de l'intérêt qu'elle m'avait témoigné. J'en pris occasion de l'engager à vouloir bien me donner des conseils. Vous en avez

rarement besoin, me dit-elle: il est peu
de jeunes personnes qui ayent autant de
mérite, et vous feriez ma gloire si
vous étiez ma fille. Je tressaillis à ce
mot : une émotion si vive que je ne
pus la réprimer, s'empara de moi.
Ah! Madame! pourquoi le sort me
prive-t-il à jamais de ce titre précieux',
m'écriai-je! elle me regardait avec un
étonnement qui rappella ma raison.
Pardonnez, lui dis-je, j'ai le malheur
d'être orpheline et j'ai souvent fait des
vœux pour vous appartenir. Ce titre de
votre fille, m'a rappellé tout-à-coup
mes infortunes véritables. Elle me serra
la main affectueusement, et me dit qu'e
son amitié tenterait tout pour me faire
oublier de tels chagrins. Je ne pourrais
jamais vous peindre ce que j'éprouvai
dans ce fortuné moment, ma bonne
Elvire. Ah! l'amour seul peut procurer
ces délicieuses jouissances; pour les
sentir il faut aimer avec tout l'abandon',
avec toute la vivacité d'un cœur qui

n'est distrait par aucune autre sensation,
et qui ne peut trouver de bonheur que
celui d'aimer, d'adorer l'objet de son
choix.

Si j'étais privée de la douce satisfac-
tisfaction de recevoir des nouvelles de
Dorigni, j'en étais dédomagée en entendant parler de lui sans cesse. Je
voyais les lettres qu'il écrivait à sa
Mère ; elles portaient la teinte de
cette tendresse qui absorbait son ame.
Il lui adressait les petits ouvrages qu'il
composait. Toutes ses pièces fugitives
peignaient l'inconstance, l'abandon
d'une amante infidèle et les tourmens
du berger, dont le cœur sensible ne
pouvait changer. J'expliquais bien
facilement ces allégories ; l'amour ne
m'offrait que des plaisirs douloureux,
mais ils n'en étaient pas moins vivement sentis. Je me livrais sans distraction à cette amoureuse mélancolie,
lorsqu'un évênement cruel me réduisit
au désespoir, en me ravissant mon

amie, ma généreuse protectrice. Madame Remond reçut une lettre de
l'homme d'affaires de Mad. de Mainville, qui l'informait qu'elle avait été
mise en arrestation et conduite à Paris
pour y être déposée dans les prisons.
Ma douleur fut excessive à cette cruelle
nouvelle. Tourmenter ma bienfaitrice,
c'était, suivant moi, persécuter la
vertu même, et, malgré la tyrannie
que l'on exerçait alors contre cette
classe proscrite, il me semblait qu'elle
devait en être exceptée. Mad. Remond
m'instruisit du motif de l'arrestation de
notre amie, en me fesant le récit d'une
infinité de détails, qui dans un autre
moment m'auraient fort intéressée,
mais qui dans celui-ci nuisaient à mon
desir d'apprendre la cause de cette funeste catastrophe. Obligée de réprimer
mon impatience, je sus captiver mon
attention pour l'écouter. Faites-en de
même, mon Elvire. Elle prit la parole
et commença ainsi:

Madame de Mainville a un Fils qu'elle chérit avec la plus vive tendresse ; il en a reçu des preuves flatteuses dans tous les tems, mais surtout à l'époque de son mariage. Ce jeune homme, doué de tous les talens qui rendent aimable, tient de sa Mère cette précieuse sensibilité qui double les jouissances de l'ame ; il n'avait pû se défendre d'une violente passion pour une jeune personne placée dans un rang tout-à-fait au-dessous du sien. Sans espoir de vaincre les préjugés d'une famille orgueilleuse de ses titres, il avait renfermé ce secret. Il l'eut, peut-être, déposé dans le sein de sa Mère, s'il n'en eut senti l'inutilité. Elle était soumise à un époux dont la fierté et la hauteur étaient redoutables, et souvent la modération de sa douce compagne ne l'avait point préservé de plusieurs scènes désagréables. Impérieux dans ses volontés, il était dangereux de les combattre. Montigni, c'est

M 3

le nom du Fils de Madame de Mainville, avait respecté la tranquillité de
sa Mère, en ne la troublant point par
cet indiscret aveu. Mad. de Mainville
passait toute la belle saison à son Château, situé dans la province de.....
Depuis deux ans elle avait à son service une jeune Fille, nommée Augustine, qui lui avait été recommandée
par une amie mourante. Elle lui avait
inspiré le plus touchant intérêt, par sa
conduite délicate et réservée. Elle n'a-
vait exigée pour seule condition en
entrant chez Madame de Mainville,
que la permission de rester dans sa
chambre quand son devoir ne l'appel-
lerait point auprès d'elle. Ce qui lui fut
accordé. Augustine, douce, préve-
nante avec tout le monde, ne se com-
promettait avec personne. Elle avait
l'air au-dessus de son état par son éducation, et par un air de dignité qu'elle
conservait dans son infortune. Toujours
seule, elle laissait appercevoir une

mélancolie secrète qui décélait un profond chagrin. Plusieurs fois Madame
de Mainville avoit voulu pénétrer le
motif d'une conduite si extraordinaire.
Augustine répondait avec tant de grace
et de vérité, qu'il était impossible de
ne pas se persuader que cette mélancolie était son caractère naturel. On
dansait au Château les jours de fêtes
et dimanches. Madame de Mainville
rassemblait ses vassaux et leur donnait
une légère colation, qui étoit pour eux
une grande fête. Augustine fuyait ces
plaisirs et paraissait plus triste ces jours-
là que les autres. Elle ne fesait pas de
distinction, n'accordait aucune préfé-
rance, et la médisance la plus sévère
ne pouvait s'exercer contre elle. Tout
le monde l'aimait et s'intéressait à elle,
sur-tout, sa maîtresse. La sensible
Augustine en paraissait excessivement
reconnoissante. Un soir elle est atteinte
d'une colique violente ; Madame de
Mainville lui prodigue les plus tendres

soins, reste auprès d'elle long-tems,
envoye chercher un médecin. La campagne était fort éloignée de la ville, il
fallait attendre plusieurs heures. Augustine s'efforce de paroître plus calme,
et prie avec tant d'instance Madame de
Mainville de ne pas rester auprès
d'elle, qu'elle obtient cette grace. Ses
souffrances paraissaient augmenter à
tout instant. Enfin la nature, opérant
un effort que la timide Augustine re-
poussait en vain, la rendit mère, à la
grande surprise de celles qui l'entou-
raient et qui n'osaient proférer une
parole. Le Médecin arriva, termina l'o-
pération, recommanda beaucoup de
tranquillité à la malade, le plus grand
secret aux femmes qui avaient été pré-
sentes à cet événement et se fit donner
un lit, ne voulant point troubler le
repos de Madame de Mainville. La
malade paraissait absorbée par la plus
vive douleur : des larmes brulantes
coulaient de ses joues sur celles de son

fils, qu'elle pressait contre son sein
avec l'expression de la plus tendre sollicitude. Le Médecin, au réveil de
Mad. de Mainville, se présenta chez
elle et lui annonça avec beaucoup de
ménagement le genre d'indisposition
pour laquelle il avait été appellé. La
surprise de Madame de Mainville ne
peût se décrire. Cette jeune Fille avait
toute son estime, elle avait paru la
mériter jusqu'à ce jour. L'indiscrette
hardiesse de n'avoir pris aucune précaution pour éviter cet éclat dans sa
maison, paraissait un manque de respect qui l'offensa d'abord ; mais réflé-
chissant ensuite sur l'extrême tristesse
d'Augustine, elle céda bientôt à la
sensibilité de son caractère généreux
qui la portait à la pitié. Une erreur,
dit-elle, n'est pas toujours un crime,
obtenons la confiance de cette infortunée, le mal peut encore se réparer.
Je ferai tant d'avantages à mon Augustine, qu'elle pourra décider son séduc-

teur à lui rendre l'estime générale, en
l'épousant et donnant à son Fils un
titre qu'il ne pourrait lui refuser sans
inhumanité. Le bon Médecin, aussi
bienfesant que Mad. de Mainville,
encouragea ses heureuses dispositions.
Il fut décidé qu'il préparerait Augustine à recevoir sans effroi la visite de
sa maîtresse. En effet, il se rend auprès
de la malade, emploie l'éloquence la
plus touchante et n'en obtient que
quelques mots sans suite, qui prouvaient son desespoir. Mad. de Mainville
parait, le Médecin sort, Augustine se
couvre le visage de ses mains, les sanglots la suffoquent. . . . . . . Calme-toi,
Augustine, lui dit Mad. de Mainville,
ne vois pas en moi une maîtresse jus-
tement irritée, mais une amie sensible
et indulgente qui peut excuser une faiblesse et la couvrir d'un voile impénétrable, si tu veux ne lui rien cacher.
Je t'estime assez pour ne pas croire
que ce malheur soit l'effet du liberti-

nage , mais la suite d'une inclination insurmontable. Si , moins dissimulée , tu m'avais avoué ton état , j'aurais pris des précautions pour en dérober la connaissance. . . . . . Madame de Mainville prend la main d'Augustine qu'elle serre affectueusement. Après un long silence , cette infortunée lui dit ces mots : « Vous voyez , Madame , une femme si coupable , que l'excès de vos bontés ne peut adoucir la rigueur de son sort. Je suis victime , il est vrai , du plus violent amour ; j'aime , j'adore l'auteur de tous mes maux , et la suite de ma faiblesse en est la juste punition. Tout me défend l'espoir de réparer mon deshonneur ; je ne reçus aucune promesse. Ah ! croyez , Madame , que je ne calculai point ma défaite. J'allais perdre la vie , un être bon et généreux me sauva du danger. La reconnaissance m'attacha à lui ; j'osai admirer mon bienfaiteur , et quand je croyais me livrer aux sentimens de la plus vive

gratitude, ils servaient de voile à l'a-
mour le plus extrême. Comme moi, il
chérissait la vertu, l'innocence était
dans son cœur, je ne le redoutais pas,
j'ignorais tout. Je fus coupable hélas!
sans m'en douter. Dès cet instant, j'exi-
geai que mon amant s'éloignat de moi.
Ignorante sur toutes les suites que pouvait avoir ma faute, les indispositions
que j'éprouvai ne m'avertirent point
de mon état. Je n'osais faire nulle question et je n'avais moi-même que des
idées vagues sur ma position à l'instant
ou j'ai été Mère. O vous, Madame, qui
êtes assez bonne pour écouter ce récit!
si vous pouvez vous laisser attendrir
sur le sort de cette innocente créature,
qui doit partager mon deshonneur ; ne
refusez pas à sa Mère les moyens d'aller cacher sa honte loin de vous ! je ne
puis rien révéler de ce qui regarde son
Père ; jamais, non , jamais, je ne puis
être sa femme, je me suis couverte
d'opprobre et je dois en être punie. »

Madame

Mad. de Mainville émue jusqu'aux larmes, du récit touchant, dans lequel l'innocence de cette jeune Fille, se montrait même malgré sa faute, la console, lui peint la bonté et la clémence du Dieu qu'elle a offensé; lui donne l'espoir de le toucher par une conduite exemplaire; lui reproche doucement son obstination à ne pas vouloir nommer l'auteur de tous ses maux; elle la sollicite envain. Enfin respectant son secret, elle lui promet secours et protection et la laisse plus calme. Mad. de Mainville, aimée, et chérie autant que respectée de tous ses gens, en obtint facilement le secret. Quelques murmures causés par l'envie qu'avait excité la retraite dans laquelle vivait Augustine, et qui avait été attribuée à sa hauteur, furent bientôt calmés. Mad. de Mainville questionna vainement tout le monde, personne ne pouvait dire avoir remarqué à cette jeune Fille une seule connaissance. Quelques jours

e passèrent ainsi, lorsqu'un matin un
des gens de Mad. de Mainville la pré-
vint que dans la nuit dernière un jeune
homme à cheval s'était présenté à mi-
nuit, qu'il avait donné vingt-cinq louis
à un de ses camarades pour obtenir
l'entrée de sa maison ; qu'il avait pris
l'escalier dérobé qui conduisait au cabinet qu'occupait Augustine, et qu'au
bout d'une heure il était reparti, en
exigeant le plus inviolable secret. Mad.
de Mainville récompensa le zèle et la
fidélité de son domestique, lui recommanda le silence et lui ordonna de
venir l'avertir, n'importe à qu'elle
heure, si par hasard l'étranger revenait de nouveau.

Elle voyait Augustine tous les jours ;
elle lui avait permis de nourrir son enfant. L'appartement qu'elle occupait
était disposé de manière que la garde
qui prenait soin d'Augustine, couchait
dans une pièce séparée de sa chambre,
ce qui l'avait empêchée d'avoir con-

naissance de la visite nocturne de l'é-
tranger. Dans la nuit du troisième jour
je jeune homme arrive avec les mêmes
précautions et se rend à l'appartement
d'Augustine. Le domestique vint avertir
Mad. de Mainville : à l'instant même
elle passe sans bruit dans un petit cor-
ridor qui conduisait au cabinet d'Augustine. Une porte vitrée recouverte
d'un rideau mal fermé, lui permet de
voir au travers des carreaux (à la faveur d'une lampe de nuit qui, seule,
éclairait la chambre d'Augustine) un
jeune homme agenoux devant son lit,
lui présentant un papier et la suppliant
de l'accepter, avec les plus vives dé-
monstrations de l'impatience. Augustine, toute en larmes, lui répondait :
non, Monsieur, ne l'espérez point, je
ne me rendrai pas coupable de la
plus noire ingratitude, en cédant à vos
offres généreuses. Un moment d'erreur
nous perdit ; mais je dois en être la
seule victime. Respectez vos devoirs

N 2

et songez aux miens. Que me fait l'opinion du vulgaire? le témoignage de ma conscience me consolera du mépris public. Pour la dernière fois, recevez mes adieux. Je vais loin de vous cacher ma honte et ma douleur. A ces mots, l'étranger se lève furieux et lui dit: Eh bien cruelle! je vais tout dire à ma Mère..... Au même instant Mad. de Mainville reconnait son Fils, elle ne peut retenir le cri que lui arrache la surprise. Montigni, c'est vous. Oh! ciel! dit-elle, en ouvrant la porte. Qu'on se représente l'étonnement de tous les acteurs de cette scène bizarre. Augustine ne peut la soutenir; elle perd l'usage de ses sens et occupe Madame de Mainville et Montigni par les soins qu'ils sont obligés de lui donner. Elle ouvre les yeux et voit à côté d'elle sa maîtresse et son amant, tous deux lui témoignant un intérêt flatteur. Que je suis infortunée, dit-elle, voilà le comble de mes maux! Madame,

pardonnez à M. Montigni, l'intérêt
qu'il m'a montré. La pitié le conduisait vers moi ; il ne connaissait pas vos
offres généreuses ; il voulait me faire
accepter un contrat de cent louis de
rente : c'est un bienfait que j'ai crû
devoir refuser. Montigni reprend : toute
feinte est inutile, Madame, apprenez...
oui, dit Augustine, en l'interrompant
avec précipitation, apprenez que M.
Montigni était ami de celui à qui cet
enfant doit le jour ; qu'il fut présent à
ses derniers momens, et qu'il lui re-
commenda la malheureuse Augustine...
Non, dit Montigni, avec l'accent du
désesdoir, c'est moi qui suis coupable.
Mad. de Mainville, émue de ce combat de générosité, s'écrie : tout est ex-
pliqué. Augustine ! Montigni, mes enfans ! que nous sommes à plaindre !
Montigni pénétré, ne peut articuler
aucunes phrases, mais il prend son
Fils, se met aux genoux de sa Mère,
et lui dit : ô vous ! qui fûtes toujours

N 3

l'exemple et le modèle de l'amour maternel, donnez-en la dernière preuve aujourd'hui, en daignant bénir vos enfans. Et moi aussi je suis Père ! Madame de Mainville releva son Fils avec un attendrissement inexprimable, après lui avoir accordé ce témoignage d'affection qu'il demandait. Quand le calme fut un peu rétabli dans cette intéressante famille, ils s'occuppèrent des moyens que l'on pourroit employer pour obtenir le consentement de Monsieur de Mainville. La connaissance qu'ils avaient de sa fierté et de son caractère, ne leur laissait que peu d'espoir. Il fut décidé que Montigni repartirait et qu'il reviendrait bientôt au Château de sa Mère, où l'on attendait M. de Mainville, qui se disposait à un voyage secret, qui avait pour but l'émigration. Il devait emmener son Fils avec lui, malgré les remontrances de Mad. de Mainville, qui n'approuvait point ce tardif projet. Elle connaissait

le danger auquel s'exposaient tous ceux
qu'un zèle indiscret portait à ce dévouement. Son esprit en reconnaissait l'erreur ; elle ne voyait qu'une foule de
malheurs dans cette désertion. Abandonner son pays, était, suivant elle,
une coupable erreur, qui devait en-
traîner les maux qui nous ont accablés.
Mad. de Mainville, restée seule auprès
d'Augustine, désira connaître les détails qui avaient rapport à son intimité avec Montigni. Augustine l'en
instruisit en peu de mots.

Madame de Mainville avait fait
faire l'année d'auparavant différens
changemens dans l'ameublement de
son Château. Obligée de revenir à Paris, elle avait laissé Augustine à la
campagne pour surveiller les ouvriers.
Un soir qu'elle revenait de faire une
promenade dans les environs, elle traversait le grand chemin au moment
où un taureau, échappé, fuyait avec
fureur : Augustine portait un schall

rouge. Cette couleur, antipathique à
ces sortes d'animaux, fixe celui-ci, il
la poursuit et était prêt à l'atteindre,
lorsqu'un jeune chasseur lui tire un
coup de fusil dans la tête et le fait
tomber aux pieds d'Augustine, à qui la
frayeur avait ravi l'usage de ses sens.
Elle revint bientôt, et vit son libéra-
teur occupé de la secourir. Elle lui
exprima sa reconnaissance dans des
termes si touchans, que sa conversation
acheva de décider l'impression que sa
beauté avait fait sur Montigni, car c'é-
tait lui. Absent depuis long-tems, Augustine ne l'avait point vû chez sa
Mère; elle lui apprit à qui elle appartenait. Montigni, de retour depuis peu
de tems, était venu chez un de ses
amis passer quelques jours pour jouir
du plaisir de la chasse. Heureusement
pour Augustine il se trouva près
d'elle à l'instant où elle aurait infailliblement péri sans lui. La reconnaissance entre deux jeunes gens est,

comme on le sait, de tous les sentimens, celui qui conduit le plus directement à l'amour, de là vint l'intimité entre Augustine et Montigni. La première avait cru devoir cacher cette rencontre à Mad. de Mainville. De retour près d'elle, elle n'avait point revu Montigni, que des affaires appellaient en Normandie. D'ailleurs, la parole qu'il avait donné à Augustine de s'éloigner, le retenait aussi.

Augustine, après avoir donné ces détails à Madame de Mainville, lui parla de la personne qui l'avait placée auprès d'elle. Elle lui apprit que cette Dame en mourant, lui avait laissé une cassette qu'elle avait reçue de sa Mère, en lui enjoignant de ne jamais l'ouvrir, qu'elle lui demanda pour prix des soins qu'elle lui avait donnés, de respecter le dernier vœux d'une amie mourante ; à moins cependant qu'à l'époque de son mariage, le choix qu'elle aurait fait ne lui offrît des obstacles invinci-

bles. Mad. de Mainville conseilla alors
à Augustine d'ouvrir cette cassette, en
l'assurant qu'elle croyait ce moment
favorable et que ce ne serait point enfreindre les ordres de sa Mère. Augustine présenta cette cassette à Mad. de
Mainville. Elles en rompirent la ser-
rure et trouvèrent un paquet qui contenait des titres de noblesse. Un cachet
portant des armoiries bien connues,
et une lettre de la Mère d'augustine,
qui l'instruisait qu'elle était Fille d'un
Lord anglais, qu'elle jouissait d'une
brillante fortune, lors quelle avait
épousé à Londres le Chevalier de Rulli,
jeune Français; qu'elle avait réalisé sa
fortune pour la placer en France, où
elle était venue avec son époux, qu'a-
près avoir passé quelque tems fort heureuse, le Chevalier qui possédait la
funeste passion du jeu, avait perdu
toutes les sommes qui formaient leur
patrimoine ; qu'après avoir tenté inutilement tous les moyens de se corriger,

ce jeune homme avait commis le crime du suicide, qu'on l'avait rapporté chez elle expirant. Se trouvant par sa conduite et par sa mort réduite à l'adversité, elle avait été obligée de cacher son véritable nom, et de travailler pour soutenir sa pénible existence et celle de sa Fille; que sentant sa fin prochaine, elle l'avait recommandée à Madame Thibaut son amie, qui ne l'avait connue que depuis son infortune; qu'elle lui avait promis d'élever Augustine. La fin de cette lettre était une exhortation touchante à sa Fille, pour l'engager à suivre les principes de vertu qui lui avaient été enseignés. Elle lui disait aussi que ces titres prouvaient sa naissance, mais qu'elle desirait qu'elle ignorât toujours ce faible avantage, croyant qne le bonheur se rencontrait plus ordinairement dans la classe où le sort l'avait placée. La surprise de Mad. de Mainville égala celle d'Augustine après la lecture de cette

lettre ; mais la joie de celle-ci fut
inexprimable, en songeant que les
obstacles qui existaient pour son al-
liance avec la famille de Mainville,
étaient détruits par les preuves qui
constataient que sa naissance était
égale à celle de Montigni. Il ne s'agis-
sait plus que d'amener M. de Mainville
à consentir que son Fils épousât une
femme qui avait été au service de son
Epouse. Son orgueil en devait être
blessé. Néanmoins, comme il était de
l'honneur de son Fils de rendre la ré-
putation à une Fille de qualité dont il
avait abusé. Madame de Mainville n'en
désespéra point. En effet, elle prit tant
de précautions pour l'instruire de cet
événement, elle sut si bien intéresser
son amour-propre et sa sensibilité pour
l'y décider, qu'elle y parvint. Ces deux
tendres amans lui dûrent leur bonheur.
Le mariage se fit sans apprêt et sans
éclat ; mais leur satisfaction n'en fut
pas moins vive. M. de Mainville n'a-
vait

vait consenti à couronner les vœux de
Montigni, qu'à la condition que son
projet de voyage n'en souffrirait point.
Ils partirent effectivement fort peu de
tems après le mariage. La tendre Augustine ne pouvant se séparer de son
époux, se décida à l'accompagner.
Mad. de Mainville resta seule livrée à
la douleur et aux allarmes que lui donnait cette fuite. Elle semblait présager
tous les maux dont elle fut la source.
Nos voyageurs, après avoir éprouvé
différentes contrariétés pour se rendre
à Coblentz, n'y furent pas plutôt, que
le malheur les accabla de ses plus
cruels revers. Augustine que son état
de nourrice rendait très-faible, fut
extrêmement fatiguée de la route. Son
Fils fut atteint de la petite vérole ; elle
lui donna les plus tendres soins, ne
songeant pas aux dangers auxquels
elle s'exposait, n'ayant point eu elle-
même cette maladie contagieuse. En
effet, elle se déclara avec les symp-

Tome I.   O

tômes les plus effrayans, et dans l'es-
pace de cinq jours Montigni perdit son
épouse et son fils. Le désespoir de ce
jeune homme fut jusqu'au délire : M. de
Mainville fit d'inutiles efforts pour le
ramener à la raison, il espéra que le
tumulte des camps ferait diversion à
sa douleur. Ils furent employés dans
l'armée du Prince de.... Montigni s'y
conduisit avec honneur et bravoure,
il ne redoutait aucun danger, et cherchait dans une mort violente la fin de
ses tourmens. Ses vœux ne furent point
exaucés, il eut encore le malheur de
voir périr son Père à ses côtés. Blessé
lui-même très - dangéreusement, il
quitta l'armée et languit pendant long-
tems, joignant à de si violens chagrins,
celui d'éprouver la plus grande infortune. Il n'ôsait écrire à sa Mère, con-
naissant le danger auquel il l'aurait
exposée, vu la deffense qu'il y avait
d'entretenir des correspondances avec
les émigrés ; néanmoins, pressé par le

besoin et croyant n'avoir plus que peu d'instans à vivre il s'y décida, en employant tous les ménagemens que la précaution put lui suggérer. Cette lettre parvint à Mad. de Mainville qui était plongée dans la plus vive inquiétude sur le sort de son Epoux et de son Fils. Atterée par les tristes nouvelles qu'il lui donnait elle faillit y succomber; mais l'espoir d'adoucir la position de ce Fils, qu'elle chérissait avec une si vive tendresse, soutint son courage défaillant. Elle lui fit passer des secours par un ami sur, qui se rendait à Coblentz. Depuis plus de six mois elle n'avait reçu aucune nouvelle de Montigni, lorsque dernièrement elle en a reçu une lettre. On en a eu connaissance, sans doute, me dit Madame Remond, car son homme d'affaires me marque qu'on l'accuse d'être en correspondance avec les émigrés et de leur avoir fait passer des fonds. On n'a trouvé chez elle aucun papier qui

O 2

prouve que cette présomption soit
fondée , cependant je tremble pour
notre amie.

Jugez, ma chère Elvire, de ce que
j'éprouvai à ce récit. Ma douleur avait
été suspendue un instant par l'intérêt
que j'avais pris au sort du sensible
Montigni ; mais lorsque je fus instruite
des dangers auxquels était exposée sa
tendre Mère , je frémis, j'accablai
Mad. Remond de questions pour savoir
ce que nous pourrions faire pour servir
ma respectable protectrice. Loin de la
trouver animée du même zèle que moi,
elle me montra une si grande frayeur
de se compromettre, que j'en fus irritée.
Il était dangereux, il est vrai, dans ce
tems de calamité et d'horreur, de laisser paraître les sentimens d'intérêt et
de pitié que l'on éprouvait pour les
malheureuses victimes que sacrifiait ce
régime de terreur et de barbarie ; mais
je ne pouvais supporter l'idée que l'on
songeât à sa sûreté, quand les person-

nes qui nous intéressaient étaient dans
les fers. Je me jettai aux genoux de
Mad. Remond pour l'engager à faire
des démarches pour son amie. Je parvins à émouvoir sa sensibilité, mais je
ne réussis point à la décider à rien en-
treprendre pour lui faire recouvrer sa
liberté : tout ce que je pus obtenir, ce
fut la permission de faire ce que m'inspirait l'amitié et la reconnaissance. Le
lendemain, dès le petit jour, je me
rendis à la prison de la Conciergerie,
où Madame de Mainville avait été conduite, espérant parvenir à la voir. Ma
démarche fut inutile ; repoussée avec
dureté, je n'obtins pas même la faveur
de savoir de ses nouvelles. J'appris
les moyens qu'il fallait employer pour
obtenir une permission ; c'était de se
présenter au Tribunal Révolutionnaire,
à ce même Tribunal où ceux qui le
composaient, n'avaient d'autres occu-
pation que celle de sacrifier à leur
haine une quantité inombrable d'in-

fortunés. Ils étaient tellement surchar‑
gés d'affaires, qu'il fallait passer des
semaines entières pour obtenir une
permission. Déjà depuis trois jours je
ne quittais pas les bureaux, je prodi‑
guais l'argent, enfin j'obtins cet ordre
si ardemment desiré, cet ordre qui de‑
vait faire anéantir devant moi les obs‑
tacles. Il était quatre heures du soir ;
je me présente à la porte de la prison,
je demande Mad. de Mainville, ma
respectable protectrice, hélas ! ma
chère amie, l'infortunée n'était plus ;
le jour même elle avait été condamnée !
Cette affreuse nouvelle me fut an‑
noncée sans aucun ménagement, sans
aucun égard. Mes larmes coulent en‑
core au souvenir déchirant de cet évé‑
nement affreux, jugez, ma chère El‑
vire, de la douleur que je ressentis. Je
ne sais comment je me retrouvai chez
Mad. Remond, ce que j'y devins pen‑
dant long-tems ; mais la douleur avait
entièrement aliéné mon esprit : perdre

la seule personne qui prit à moi un
véritable intérêt, était un malheur affreux sans doute, mais la perdre de
cette manière et avec des circonstances
si douloureuses , c'était un motif de
regrets éternels. Aussi les chagrins affreux que j'ai éprouvé depuis n'ont-il
point diminué ce souvenir pénible. O ma
respectable amie , du séjour de l'éternelle paix où vous recevez la récompense de toutes vos vertus , puissiez
vous connaître l'hommage sincère que
vous rend Isaure , et recevoir l'expression de sa douleur, comme le tribut
d'une reconnaissance qui ne s'éteindra
qu'avec sa vie.

La froide douleur que montra Mad.
Remond de la perte de son amie , me
la rendait odieuse. Je m'appercevais
aussi qu'elle me traitait avec beaucoup
d'indifférence, et que mon séjour chez
elle cessait de lui être agréable. Mad.
Dorigni, pendant les premiers jours de
ce funeste événement qui me rendait si

malheureuse, m'avait porté les soins
et les consolations du plus tendre attachement. Obligée de retourner à la
campagne, et s'appercevant du changement de Mad. Remond à mon
égard, elle m'avait engagée à la rejoindre aussi-tôt que ma santé me le
permettrait, m'assurant de la satisfaction qu'elle éprouverait si j'acceptais
son offre obligeante. Son départ augmenta ma douleur. Je sentais toute
l'horreur de ma position; ne possédant
rien dans le monde que les derniers
bienfaits de Mad. de Mainville, ne
tenant à personne, quelle devait être
mon existance! la misère devait infailliblement m'atteindre. Tous les tourmens étaient dans mon cœur, et je
n'appercevais, hélas! nul motif de
consolation. Je retournai chez M. de...
cet ami de Mad. de Mainville, qui
m'avait promis de faire des démarches
pour découvrir le séjour de M. d'Héricourt; elles avaient été infructueuses

et la seule consolation que je trouvai
dans cette visite, fut la douce jouissance
de parler de ma respectable protectrice
et de rendre à sa mémoire un hommage si bien mérité.

Je me disposais à rejoindre Mad.
Dorigni , lorsqu'un matin le domestique de Mad. Remond me remit une
lettre par laquelle cette Dame s'excusait de ne pouvoir me garder plus long-
tems chez elle. Elle prétextait un
voyage et terminait par un compliment
et des offres de services si vagues, qu'il
était impossible de donner plus séche-
ment un congé. Je fus fâchée d'avoir
été prévenue et de ne lui avoir pas fait
part de mon projet. Je disposai tout
pour mon départ, et je pris congé d'elle
le soir même, après m'être acquittée
des frais de ma pension, que j'avais
toujours exactement payée. Je l'instruisis que j'allais passer quelque tems
à la campagne de Mad. Dorigni, elle
en parut mécontente, et ne m'offrit

pas même de m'y faire conduire. Vous
imaginez, ma chère Elvire, que nos
adieux ne furent pas fort touchans. Je
ne pûs cependant me défendre d'un
mouvement de tristesse en me séparant
de Mad. Remond : il me semblait que
c'était rompre le dernier lien qui m'u-
nissait à ma digne amie.

J'arrivai chez Mad Dorigni, qui me
reçut avec tous les témoignages de l'a-
mitié qu'elle m'avait toujours montrée.
Mon excessive tristesse était si naturelle, qu'elle n'en fut pas surprise;
mais mon embarras ne pût lui échapper : elle m'en fit la remarque. Je lui
avouai alors combien mon cœur était
oppressé de la conduite de Madame
Remond. Elle me donna toutes les
consolations que je pouvais attendre
d'un caractère aussi généreux et aussi
sensible que le sien. Mon arrivée fut
un jour de fête célébrée avec cette
aménité franche, si flatteuse pour celle
qui en est l'objet. La bonne petite

Azelie ne pouvait contenir sa joie.
Elle avait toujours desiré que nous
fussions réunies, et ses attentions délicates, ainsi que celles de Mad. Dorigni,
tempérèrent ma douleur. C'était au
commencement du primtems : cette
saison, si attrayante pour l'être sensible, et sur-tout pour celui dont l'ame
est absorbée par la mélancolie, servit
beaucoup à remettre le calme dans mon
cœur. Le séjour paisible de la campagne et l'agrément de la société de toute
cette famille, répendaient un charme
consolateur sur mon existance. Réduite
par ma cruelle position à ne songer ni
au passé, ni à l'avenir, toutes mes pensées se portaient sur mon état présent.
Je n'osais faire aucune réflexions ;
elles auraient détruit ma tranquilité.
Mad. Dorigni recevait exactement des
nouvelles de son Epoux et de son Fils.
Elle avait intruit le premier de mon
séjour chez elle, en lui disant qu'une
jeune personne qu'elle avait connue

chez Mad. Remond, avait bien voulu
embellir sa solitude, en venant la partager. Je frémissais que quelqu'événement imprévû ne découvrît à M. Dorigni, que cette même personne qu'il
avait éloignée de son Fils, s'était réfugiée au sein de sa famille.

Je n'y songeais pas sans effroi, mais
entraînée par le plaisir que je goutais,
je me livrais à l'espérance, seul bien
des malheureux. Madame Dorigni,
dans différens entretiens que nous
avions eu, m'avait fait quelques questions qui annonçaient le désir de connaître mes infortunes. Trop délicate
pour forcer ma confiance par des de-
mandes indiscrètes, elle gardait à ce
sujet un silence dont je lui savais un
gré infini. Un événement qui pensa être
funeste, resserra encore notre intimité.
Il y avait, comme je vous l'ai dit, ma
chère Elvire, une pièce d'eau dans le
jardin ; elle était fort grande, et sur-
tout très-profonde. Elle nous offrait un
amusement

amusement que nous chérissions beaucoup, c'était celui de la pêche. Nous
passions plusieurs heures tous les jours,
Madame Dorigni et moi, à guéter les
tranquiles habitans des eaux. La bonne
petite Azélie n'était pas assez patiente
pour partager ces sortes d'amusemens,
elle était aussi trop bruyante; de sorte
qu'elle n'y était point admise. Un jour
que notre pêche n'avait pas été bonne,
pour vaincre le malheur, nous nous
étions avancées sur un petit tertre si
étroit, qu'il était imprudent de nous y
tenir, le fil de ma ligne se rompit; je
quitte Madame Dorigni pour en aller
chercher un autre, à mon retour je ne
la retrouve plus, je l'appelle, j'apper-
çois que la terre s'est écroulée, et au
même instant je la vois reparaître sur
l'eau. Mon premier mouvement fut de
demander du secours, le second de me
précipiter pour la sauver. Je la ratrap-
pai par ses vêtemens, je luttai long-
tems avec elle, enfin je parvins, aidée

Tome I. P

du Ciel, sans doute, à l'amener au
bord. Mes cris avaient été entendus du
jardinier qui était à l'autre extrémité
du jardin : on nous porta du secours.
Nous fûmes l'une et l'autre indisposées,
tant par la frayeur que nous avions
éprouvée, que par la fatigue des efforts
que nous avions fait. Néanmoins nous
fûmes promptement rétablies. Il est
impossible de se faire une idée juste
de la reconnaissance et de la tendresse
de Mad. Dorigni, elle l'exprimait de
la manière la plus flatteuse pour moi.
Elle racontait cet événement à toutes
les personnes qui venaient chez elle ,
et c'était toujours avec de nouveaux
éloges sur mon généreux dévouement.
Un jour elle me dit qu'elle avait trouvé
un moyen de s'acquitter avec moi , que
le desir de me témoigner sa gratitude
lui avait fait concevoir un projet qu'elle
voulait me communiquer. Vous savez ,
ma chère, me dit-elle , que j'ai un
Fils. Tourmenté depuis long-tems par

une fatale passion, il nous afflige et
nous inquiète extrêmement, son Père
et moi. Personne ne peut mieux que
vous lui faire oublier l'objet de son
premier amour. Je suis sûre que lorsqu'il vous connaîtra, il rendra hommage à votre beauté, ainsi qu'à vos
estimables qualités. Quand il saura sur-
tout que je vous dois la vie, la reconnaissance décidera bientôt son amour,
et c'est lui, ma chère Fille, qui ac-
quittera notre dette envers vous. Je
l'attends très-incessament avec mon
Mari. Ils m'annoncent leur retour prochain..... Mais pourquoi cette émotion?
dit-elle, en me regardant : vos traits
paraissent s'altérer ; des larmes s'é-
chappent de vos yeux. Je le vois, votre
cœur n'est pas libre, vous avez des secrets pour votre meilleure amie. J'ai
cru devoir les respecter jusqu'à ce
moment. Mon excessive tendresse ne
peut plus supporter cette dissimulation.
Déposez vos chagrins dans mon sein.

Si je vous suis chère, ne me refusez
point. Je tombai à ses genoux sans
pouvoir lui répondre: Epargnez-moi,
Madame, lui dis-je, quand je pûs
parler ; tant de bontés me confondent,
je n'en suis pas digne. Vous voyez devant vous cette religieuse, cette infortunée qui fut aimée de votre Fils, celle
qui causa vos chagrins et ceux de votre
Epoux. Qu'entens-je, reprit Madame
Dorigni! Quoi! c'est vous, ô mon
amie! Eh! pourquoi cet embarras et
ces larmes, quand ce raprochement
heureux me cause la plus grande satisfaction ? doit-il vous affliger ?....
Maintenant que vous êtes libre, si
mon Fils n'a point perdu votre tendresse, j'entrevois que vous pouvez
faire son bonheur. Jamais, non, jamais, Madame, lui dis-je, quand vous
connaitrez toutes mes infortunes, vous
ne désapprouverez plus ma douleur.
J'ai abusé de votre intérêt et de votre
tendresse. J'étais bannie par M. Do-

rigni : me réfugier près de vous, ravir
votre affection, est un tort qu'il ne
pourra me pardonner. Je vais vous révéler tout ce qui m'est arrivé. Puissiez vous
m'estimer encore assez pour ne point
me retirer cette amitié précieuse, elle
est mon seul bien ; j'ôse la reclamer.
Je lui fis ensuite le récit fidèle de
mes avantures. Je remarquai son attendrissement. Elle fut touchée sur-
tout de ma courageuse résolution à fuir
son Fils. Rassurez-vous, me dit-elle,
ma chère, j'étais bien loin de me
douter que ma chère Clémence de St.-
Far (c'était le nom que j'avais pris en
arrivant à Paris) fut cette même Isaure
que j'avais tant desiré de connaître.
Mais ce que vous venez de m'apprendre ne change point mes projets ; tant
de vertu et de constance doivent être
récompensées. J'ai beaucoup d'empira
sur l'esprit de M. Dorigni ; c'est à moi
à le décider à consentir enfin au bonheur de deux personnes qui me sont

également chères. Qu'un doux espoir
soutienne votre courage, ma chère
Isaure, fiez-vous à ma tendresse. Comblée de vos bontés, lui dis-je, je pourrais tout espérer si j'avais retrouvé
M. d'Héricourt et appris de lui quelle
est ma naissance, et les parens à qui
je dois le jour; mais le sort qui con-
tinue à m'être contraire ne me permet
pas d'accepter vos offres généreuses.
J'ai promis à M. Dorigni d'éviter sa
présence et celle de son Fils, tant que
je ne pourrai point vaincre l'obstacle
qu'il m'a opposé. Rien ne pourra me
faire enfreindre cette promesse. Il faut
que je vous quitte, Madame: permet-
tez-moi de m'éloigner, j'irai cacher
ma douleur dans une retraite ignorée:
là, le souvenir de votre tendresse me
consolera de mes infortunes et sera la
seule pensée chérie qui pourra charmer
mes ennuis. Quels sentimens généreux
et délicats vous montrez, ma chère,
reprit-elle! votre fierté est blessée aussi

des refus de mon époux : je le vois ;
mais bientôt, je l'espère, vous ne pour-
rez vous refuser à accepter la main de
Dorigni. Je ne chercherai point à vous
retenir ; votre absence me servira. Je
vais vous adresser à Mad. Mongé, sœur
de la maîtresse de pension de mes enfans. Elle prend de jeunes personnes
qui se placent chez elle. Depuis que
les couvents sont détruits, il y a beaucoup d'établissemens de ce genre. Vous
serez contente de Mad. Mongé, et vous
serez libre chez elle de vous livrer à la
société de vos compagnes ou de satis-
faire votre goût pour la retraite. Touchée d'un si tendre soin, je remerciai
Mad. Dorigni et m'occupai de mon départ. Notre séparation fut pénible,
Azelie montra dans cette occasion une
sensibilité qui me rappella celle de
Dorigni. Je remarquai que cette intéressante famille réunissait toutes les
qualité aimables qui se rencontrent si
rarement. Je m'éloignai à regret de ce

séjour qui m'avait procuré de si douces
jouissances. Je fus reçue de Madame
Monge avec un intérêt qui prouvait assez combien la recommandation de
Madame Dorigni était puissante. J'eus
lieu d'être satisfaite de toutes les personnes que je rencontrai dans la maison de cette Dame; mais ce qui me
causa une surprise extraordinaire, ce
fut d'y trouver la Fille du Comte de....
l'une de mes compagnes d'armes et la
même qui avait été arrêtée avec moi
près d'Avranches. Vous savez que
j'avais apperçu qu'elle n'était point du
nombre de ceux qui avaient été conduits à la mort, mais j'ignorais ce
qu'elle était devenue. Elle me reconnut, vint à moi, m'embrassa avec autant de tendresse que d'étonnement,
en me recommandant le secret sur le
lieu de notre connoissance, me priant
d'adopter l'idée qu'elle concevait de
dire que nous avions été pensionnaires
dans le même couvent. C'est ce que

nous dîmes en effet. Elle me promit
de m'instruire le soir même de ce qui
lui était arrivé depuis notre séparation.
Ma curiosité égalait mon empressement. Je profitai du prétexte que me
donnait la fatigue du voyage, pour me
retirer dans mon appartement. Mad.
de.... m'y suivit et me fit le récit que
voici :

Vous vous rappellez sans doute, ma
chère Isaure, me dit-elle, de l'instant
fatal où nous imaginâmes nous faire
un dernier adieu ? nous allions perdre
la vie ; il nous fallait un courage sur-
naturel pour soutenir l'horreur d'une
telle position. L'instant où l'on vint
nous retirer de notre prison semblait
être le dernier. Vous étiez sortie avant
moi, en passant au guichet, je recon-
nus l'un des soldats républicains qui
nous avaient conduits la veille, et qui
m'avait montré quelqu'intéret; il dit,
en me désignant : c'est celle-ci, Emilie
de.... je la reclame suivant la loi, je

l'épouse et je la sauve par ce moyen.
Surprise de ce que j'entends, l'espoir
ranime mes forces ; l'innocente victime qui croit son trépas certain, ne
calcule point à ce moment, quel est le
moyen que l'on emploie pour la sauver.
Tout autre sentiment que celui de sa
conservation lui est étranger. Un hymen proposé de cette manière, m'eût
paru pire que la mort dans une autre
circonstance. J'étais, comme vous le
savez, promise au marquis de M.... Il
était du nombre de ceux qui vous suivirent ; il n'eut point le bonheur d'é-
chapper à son sort. Le choix de mon
cœur avait précédé celui de ma famille.
Néanmoins, je vous l'avoue, ma
chère Isaure, je ne vis dans ce moment que l'espoir de me soustraire
au péril. On délivra un espèce de
certificat ou de reçu de ma personne à
ce soldat nommé Durand. Il me conduisit à la Municipalité où nous fûmes
mariés sans aucune formalité. Ce cas

n'en exigeait point d'autre. Ses camarades qui nous avaient servi de té-
moins nous accompagnèrent dans une
auberge où Durand avait fait préparer
un grand dîné. J'étais anéantie, je ne
pouvais proférer une seule parole ;
Durand ne me disait rien qui pût amener l'élan de ma reconnaissance. Le
repas fut long. La seule chose qui fixa
mon attention fut de remarquer que
Durand ne se permettait aucune de
ces plaisanteries qui annoncent ordinairement le mauvais ton. La joie que
donne le plaisir d'avoir fait une bonne
action, se répendait sur sa figure qui
portait un caractère expressif de bonté
et qui inspirait l'intérêt. Il avait tout
au plus vingt-cinq ans. Sa taille et sa
figure pouvaient le faire regarder
comme un bel homme ; mais l'educa-
tion n'ayant point ajouté son charme
précieux à ces avantages. Il paraisait
l'homme de la nature. On quitta la
table, nous fûmes reconduis à la de-

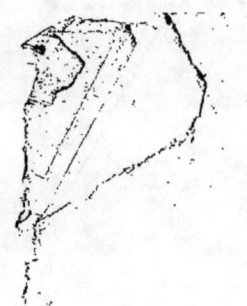

meure de Durand , où l'on nous laissa
seuls. C'est à cet instant que je recou-
vrai le sentiment de mes peines. Des
larmes inondèrent mon visage et lais-
sèrent appercevoir mon désespoir.
Durand, après s'être bien assuré que
personne ne pouvait nous entendre,
me dit : pardonnez, Mademoiselle, le
chagrin que je vous ai causé; votre
sureté exigeait la plus grande prudence,
et j'ai crû devoir garder le secret sur
mes projets. L'intérêt que m'ont inspiré
tous vos compagnons d'infortunes, m'a
fait sentir vivement combien il en
coûte pour faire son devoir. Mon cœur
frémit toujours à l'idée d'être obligé
de donner de sang-froid la mort à mes
semblables. Sans approuver les raisons
qui vous ont portée à vous armer contre
votre patrie, je blame la sévérité que
l'on exerce contre vous. Il n'appartient point à un simple soldat de vouloir décider sur la conduite de ses su-
périeurs. Obeïr en silence, combattre

avec

avec ardeur est son seul mérite. Je n'ai
pu voir sans horreur l'appareil de votre
mort ; j'aurais voulu pouvoir vous
sauver tous, mais la loi ne m'accordait
ce droit que pour une seule femme.
Votre jeunesse, votre beauté, votre
courage, ont excité mon admiration,
et m'ont décidé à vous servir ; mais ne
croyez point, Mademoiselle, que
Durand soit assez lâche pour profiter
de l'avantage que lui donne sur vous
l'excès de vos malheurs. Vos préjugés,
la gloire que vous attachez à votre rang,
vous deffendraient de vous unir à moi,
quand bien même j'aurais été assez
heureux pour fixer le cœur d'une personne telle que vous ; à plus forte raison dans cette circonstance où vous ne
me connaissez pas. Non, Mademoiselle, non, ne craignez rien. Vous êtes
libre. L'engagement que vous avez pris
avec moi, ne servira qu'à votre sureté.
Je sais que M. votre Père est encore

Tome I.   Q

dans sa terre ; je lui rendrai une Fille
qui doit lui être si chère , et quand
j'aurai remis ce précieux dépôt entre
ses mains , je n'exigerai d'autre témoignage de sa reconnaissance que le
droit de lui persuader qu'il se rencontre parmi les roturiers , parmi les
Républicains , des ames généreùses
qui prouvent que la véritable noblesse
est dans le cœur. Fiez-vous à ma prudence et à ma probité, je vous deffen-
drai, je vous protégerai comme ma
sœur ; mon respect saura soutenir les
sentimens que vous m'avez inspirés ,
et jamais vous n'aurez à vous plaindre
d'avoir accordé votre confiance à Durand. Adieu , Mademoiselle , cette
chambre est le seul appartement que
je puisse vous offrir, je vais vous y
laisser seule ; je vous demande la permission d'y venir de bonne heure
demain , afin que l'on ne se doute
point de nos projets. Nous partirons
bientôt de cette ville ; nous allons du

côté de Nantes; il me sera facile d'obtenir uue permission, sous le prétexte
de passer quelques jours chez mon
beau-Père. C'est alors, Mademoiselle,
que vous serez rendue à votre famille.... Je n'avais point interrompu
Durand pendant ce long discours, les
différens sentimens que j'avais éprouvés, m'avaient rendue muette. Tant
de générosité et de prudence m'avait
tellement attendrie, que je voulus me
jetter à ses genoux pour lui exprimer
ma vive reconnaissance. Ah ! Durand,
lui dis-je, l'auteur d'un procédé si délicat mérite l'estime, et doit recevoir la
récompense d'un tel bienfait; si le don
volontaire de ma main peut vous suf-
fire, acceptez-là, je vous promets que
le souvenir d'une si belle action sera
à jamais gravé dans mon cœur en caractères ineffaçables. Ce souvenir vous
sera le sûr garant de mon devoir, de
mon estime et de mon amitié. Non,
Mademoiselle, répond Durand, je

Q 2

n'accepterai point de telles offres. Cet
effort généreux ne me surprend pas,
il répond à l'idée que je me suis fait
de votre caractère; mais je saurai mériter votre estime, j'accepte votre
amitié si vous voulez bien m'en trouver
digne... Il me quitta ensuite avec une
émotion si vive que ses paupières
étaient humectées de larmes. Je n'en-
treprendrai point de vous dépeindre,
ma chère Isaure, l'état de mon ame
dans ce moment. J'étais entièrement
livrée à l'admiration qu'excitait en moi
une telle conduite. Mille sentimens
divers agitaient mon cœur. Nous res-
tâmes dix jours à Avranches, Durand
ne se démentit point pendant ce tems;
il eut pour moi les attentions les plus
délicates, tant il est vrai que la sensibilité remplace chez certaines gens,
les avantages de l'éducation. Durand
qui paraissait fort à son aise, employait tous les ménagemens imaginables pour me faire accepter les ha-

billemens de mon sexe : j'étais, comme
vous savez en homme ; rien n'éta t
assez beau pour moi. Il était facile de
remarquer que ce jeune homme éprouvait de grands combats ; l'amour s'é-
tait fait sentir dans son cœur, mais la
générosité y dominait. Quand nous
étions devant le monde il profitait de
son titre d'époux pour me faire des
caresses respectueuses, et , quand
nous étions seuls, il ne se permetait pas
même un regard qui eut pû m'offenser.
Je vous avouerai, ma chère Isaure,
que la reconnaissance m'attachait
chaque jour d'avantage à Durand ;
l'exemple d'une vertu si magnanime
m'inspirait le désir de l'imiter. J'aurais
consenti sans répugnance à reconnaître
ses droits. J'espérai que mon Père
approuverait notre hymen. Je savais
l'effet que produirait sur son esprit un
un trait aussi beau. Nous quittâmes
Avranches et nous suivîmes la troupe
pendant quatre jours, Durand avait

soin de prendre des billets de logement
commodes, il trouvait toujours quelque
prétexte pour s'éloigner de moi pendant la nuit. Enfin, il obtint une permission pour se rendre à Nantes. Nous
prîmes des cheveaux et nous arrivâmes
à M.... où nous trouvâmes mon Père
plongé dans la plus vive affliction à
mon sujet. Je demeurais chez une de
mes Tantes qui avait suivi son Mari à
l'armée, et je l'avais accompagnée.
Mon Père reçut la nouvelle de notre
défaite. Il avait appris que j'étais du
nombre de ceux qui avaient été fait
prisonniers. j'avais eu la précaution de
me faire précéder par Durand, afin de
le prévenir. Quand je parus, il en
croyait à peine ses yeux. Ce respectable
vieillard était retenu au lit par la
goutte; sa joie fut si grande qu'elle
pensa lui devenir funeste par la révolution qu'elle lui causa. Quand il sût
de quelle manière j'avais été sauvée et
qu'il connût les détails de la conduite

incomparable de Durand , il voulût
ratifier mon mariage sur l'heure , et
donna à Durand toutes les preuves
d'estime et de reconnaissance qu'il
devait en attendre. Ce jeune homme
y répondit avec modestie , en opposant
un refus formel à nos propositions.
Deux jours après notre arrivée , il disparut sans nous rien dire , en laissant
une lettre à mon adresse , qui contenait des remercimens respectueux sur
le sacrifice que j'avais voulu lui faire.
Chaque phrase de cette lettre , exprimait en même-tems sa sensibilité , son
amour et sa probité. Il aurait cru manquer à la délicatesse , marquait-il , s'il
eut accepté l'honneur que nous voulions lui faire. Son départ me causa
un vif chagrin. Durand n'était plus pour
moi un être ordinaire ; ses qualités ,
sa belle ame avaient applani à mes
yeux tous les obstacles, je ne cachai
point à mon Père mes vrais sentimens
pour ce jeune homme , il les approu-

vait. Notre projet était de lui faire entendre raison, en prenant, pour vaincre son refus, le parti de lui prouver
qu'il ne manquerait point comme il le
prétendait à l'honneur, puisque je désirais véritablement de lui appartenir.
Il était décidé que mon bonheur devait toujours prendre sa source dans
des évènemens malheureux. Nous apprîmes par un des cammarades de
Durand, qu'il avait été dangereuse-
ment blessé et qu'il était à l'hôpital de
Montaigue: si je n'avais pas été éclai-
rée sur les vrais sentimens de mon
cœur cette lettre me l'aurait appris.
Ma douleur fut excessive. La santé de
mon Père s'était un peu rétablie; il
pouvait soutenir le mouvement de la
voiture. Ce tendre Père me dit : allons, ma Fille, partons pour porter
des soins et des secours à ton Epoux;
c'est dans cette occasion qu'il faut lui
procurer notre affection. Nous nous
rendîmes près de lui; Durand était en

danger ; une fièvre brulante s'était dé-
clarée, et dans son délire, l'infortuné
prononçait sans cesse le nom d'Emilie.
Je m'approchai de son lit, il me re-
connût et paraissait attacher le plus
grand prix à ma démarche, il se calma
bientôt. Un sommeil paisible fit dimi-
nuer la fièvre. La blessure n'était pas
mortelle, on nous donna de l'espoir.
Mon Père et moi, nous ne le quittions
pas, il recevait toutes ses boissons de
ma main, et il était facile de remarquer qu'elles acqueraient un effet
certain, étant présentée par moi. Nous
le fîmes transporter à notre auberge ;
ma tendresse pour lui augmenta chaque
jour. Il était si intéressant, si penetré
de reconnaissance, que ma conduite,
dictée par le devoir, semblait un bienfait inattendu pour lui. Mon Père l'aimait et l'estimait véritablement. Il ne
pouvait concevoir qu'un homme sans
éducation pût porter si loin les égards
et la délicatesse. Durand était Fils d'un

bon laboureur. Son éducation s'était
bornée à savoir lire et écrire ; mais les
principes de vertu et de probité qu'il
pratiquait lui avaient été enseignés.
Enfin, ma chère Isaure, nous revîmes
mes à M.... où au bout d'un mois un
prêtre confirma ce mariage qui avait
été fait sous de si tristes hospices. Quelques uns de nos parens se sont trouvés
offensés du parti que j'ai pris ; mais
j'ai renoncé sans peine à leur société.
En cédant au devoir, j'ai aussi cedé à
l'amour. J'aime tous les jours d'avantage mon Epoux. Il a obtenu un congé;
nous vivons heureux autant qu'on peut
l'être dans ce moment. Durand a reçu
les leçons de mon Père, il s'est instruit
promptement, il s'est aussi accoutumé
aux usages de la société ; il n'y paraît
point déplacé maintenant. Des affaires
ont exigé ma présence à Paris ; nous y
sommes venus Durand et moi. Des
papiers qui me sont nécessaires l'obligeant à faire un séjour d'un mois dans

la ville de Tours, je me suis placée
chez Madame Mongi, afin de ne pas
rester seule dans un hôtel garni. Le
sort me favorise, puisqu'il m'y fait
rencontrer une de mes meilleurs amies.
Il me reste maintenant, ma chère
Isaure, à connaître les divers évènemens qui vous ont conduite ici. La re-
nommée a publié par-tout le bonheur
qui vous a fait échapper à la mort. On
a parlé pendant long-tems de la religieuse d'Alençon, mais on n'a pas sçu
ce que vous étiez devenue depuis que
vous avez quitté la ville d'Avranches.
J'instruisis Emilie de tout ce qu'elle
desirait savoir; je ne lui cachai aucun
de mes secrets : elle avait eu ma confiance quand nous étions à l'armée,
elle m'avait souvent entendu parler de
Dorigni, qui n'était point un être étranger pour elle, et je goûtai encore le
plaisir si doux de parler de l'objet
que mon cœur chérissait avec une si
vive tendresse. Les plus agréables idées

s'offraient à mon esprit pour le charmer. Je formais bien le projet de résister aux prières de la famille de Dorigni, néanmoins je croyais toucher à
l'instant de voir couronner mes vœux.
Cruelle erreur ! je payai bien cher
cette trompeuse illusion.

Madame Dorigni m'annonça l'arrivée de son Fils et de son mari. Peu
de jours après mon départ. Sa première
lettre ne m'instruisait point qu'il eût
été question de moi ; elle me parlait
seulement de l'espoir qu'elle avait de
voir réaliser ses projets. Je lui répondis pour lui peindre ma reconnaissance
et l'assurer que je n'abuserais point de
ses bontés en cédant à ses desirs. Quatre
jours après ma réponse, dès le grand
matin, je reçus sa visite et celle de son
époux, Monsieur Dorigni me pressa
contre son sein avec tendresse et bonté,
en me nommant sa chère Fille, et en
m'apprennant lui-même que son plus
vif desir était de me donner ce nom
qus

que je méritais si bien. Il appartenait
à ma femme, me dit-il, de me faire
revenir d'une erreur qui vous a été si
funeste ainsi qu'à mon fils. Oublions
la, ma chère Isaure ; celle qui possède
tant de qualités et un mérite si rare,
ne peut être issue que de parens vertueux. Le ciel vous accordera peut-
être la satisfaction de les connaître un
jour; en attendant, prenez place dans
une famille qui vous aime, vous chérit et qui vous doit son bonheur. Vous
avez sauvé la vie à une épouse tendrement chérie, ce n'est donc nous acquitter que bien faiblement en vous priant
d'accepter la main de mon fils. Je
voulus en vain lui opposer une courageuse résistance, ils eurent bientôt
triomphé des obstacles que j'alléguais.
Madame Dorigni m'apprit que son
fils ignorait encore son bonheur; que
dans la crainte de ne pas réussir à
obtenir de son époux ce qu'elle desirait
ardemment, elle n'avait point voulu,

par une indiscrète confidence, accroître
les tourmens de Dorigni ; que depuis,
elle avait desiré lui procurer, par une
agréable surprise, une joie égale à la
peine qu'il avait éprouvée depuis si
long-tems. Je lui ai dit en partant : c'est
aujourd'hui, mon fils, que vous de-
vez voir celle qui m'a sauvé la vie ;
c'est une personne charmante, je dé-
sire qu'elle puisse remplacer auprès
de vous Isaure, et que bientôt vous
choisissiez pour épouse mademoiselle
de Saint-Fard. Ah ! ma mère ! m'a
t-il répondu, si c'est le seul moyen de
lui témoigner ma reconnaissance et de
vous prouver mon respect et ma tendresse, j'y consentirai volontiers ;
mais je ne pourrai lui offrir un cœur
qui est à jamais à celle que j'adore
encore malgré ses tors envers moi. Sa
poitrine s'est gonflée, ses yeux se sont
remplis de larmes ; il m'a fallu tout le
desir de lui procurer une si délicieuse
surprise, pour ne pas l'informer à

l'instant même quelle était cette personne qu'il croit ne pouvoir aimer.
Vaincue par les pressantes sollicita-
tions de Monsieur et de Madame Dorigni, je me rendis à leurs vœux. Il fut
décidé que je les accompagnerais à
l'instant même. Je fus donc tout disposer pour mon départ. Je leur présentai
Mad. Durand, mon amie; ils l'enga-
gèrent à nous accompagner, ce qu'elle
accepta. Nous partîmes tous les quatre;
nous n'étions attendus que le lendemain, précaution que M. Dorigni
avait prise afin que son Fils ne vînt
point à notre rencontre. Mon émotion
était si vive que je ne pouvais la réprimer. Plus nous approchions de la
maison et plus elle augmenta. M. et
Madame Dorigni me comblaient d'amitié et de caresses, enfin nous arrivons,
on laisse la voiture à quelque distance,
nous avions calculé que Dorigni devait
être à dîner. En effet, il était à table
avec Azelie, quand nous entrâmes

dans la salle à manger, il avait le dos
tourné du côté de la porte et ne nous
avait point encore apperçus quand M.
Dorigni qui me donna la main lui
dit : mon fils, embrassez mademoiselle de Saint-Far, celle qui sauva
votre mère. Dorigni se lève, se re-
tourne et s'écrie : *Dieux c'est Isaure!....*
ô bonheur inesperé! ma mère! par quel
prodige.... Il ne pût en dire d'avantage,
ses forcés succombèrent à l'excès de sa
joie. Revenu bientôt de l'effet d'une
telle surprise, il reçut mes embrassemens avec transport. Ensuite il com-
mençait à m'adresser des reproches
que sa mère fit cesser bientôt, en lui
racontant de quelle manière elle m'a-
vait connue et en lui donnant la preuve
que depuis que je m'étais éloignée de
lui j'avais toujours resté près d'elle.
Sa satisfaction fut inexprimable. Il me
peignit son amour, le bonheur le rendait éloquent. Cette scène touchante
était un spectacle enchanteur pour ses

respectables parens. Pour moi, j'étais
au comble de la félicité. Quelle délicieuse soirée nous passâmes, oh! mon
Elvire! il est des situations dont on
détruirait l'intérêt, en voulant les dépeindre; il faut avoir aimé avec idola-
trie, il faut avoir été séparés sans espoir de se retrouver pour concevoir à
quel point nous étions heurex, Dorigni
et moi. Il faudrait aussi éprouver ces
sentimens de tendresse et de bonté qui
regnaient dans le cœur de M. et de
Mad. Dorigni, pour se faire une idée
juste de la douce jouissance que goû-
taient ces dignes et respectables parens.
La bonne petite Azelie était enchantée,
Mad. Durand partageait notre satisfaction et tout le monde paraissait heureux
Il fut décidé que notre mariage se ferait
sans délai. Mad. Dorigni me promit
de faire venir ma chère Zoé; j'étais
impatiente de revoir cette tendre amie
de laquelle j'étais séparée depuis si
long-tems.

R 3

Nous quittâmes la campagne au bout
de quelques jours et revîmmes à Paris
pour faire les dispositions nécessaires
à notre mariage. M. Dorigni qui n'était
pas riche, comme je vous l'ai dit, ne
voulut point faire de folles dépenses ;
les apprêts de cette journée devaient
être simples ; il ne voulait réunir qu'un
petit cercle d'amis. Des fêtes, d'ailleurs, auraient été déplacées dans un
tems où les calamités les plus désas-
treuses affligeaient notre malheureuse
patrie, un génie destructeur planait
sur la France et répendait un deuil
universel qui bannissait la joie de tous
les cœurs sensibles. La satisfaction que
nous éprouvions, Dorigni et moi, ne
nous permettait aucune distraction.
Toujours occupés de notre amour, les
momens que nous passions étaient dé-
licieux. Pourtant notre bonheur était
obscurcie par quelques légers nuages.
Le caractère jaloux de Dorigni se fesait
remarquer dans les plus petits incidens.

Un mot, un regard adressé à un de ses amis qui venait fréquemment à la maison, suffisait pour l'alarmer. Ma tendresse, mon extrême prudence ne rassuraient point l'ombrageux Dorigni. Je prévoyais qu'une jalousie aussi excessive nous causerait des chagrins inévitables; je lui fesais des représentations, il l'excusait avec tant d'amour qu'il sortait toujours triomphant de ces petites querelles. Je désespérais de le corriger, et mon cœur, porté à excuser le motif de ses alarmes, me le rendait encore plus cher.

Vous savez que les nouvelles lois sur le mariage obligeaient à afficher pendant quelques jours à la porte de la Maison Commune ou de la Section les noms des personnes qui voulaient s'unir. Les nôtres y étaient inscrits, nous touchions à l'époque fortunée de voir combler nos vœux. Zoé était arrivée depuis deux jours, sa présence m'avait causé la plus vive satisfaction. Dorigni

était de tous les mortels le plus heureux. Moi, par un pressentiment secret qui nous avertit, sans doute, des
malheurs qui nous menacent, j'éprouvais une tristesse insurmontable. Je
l'attribuais à la douleur de ne point
connaître mes parens et aux réflexions
qu'inspire toujours une si auguste cérémonie. Hélas! cette tristesse était le
présage des maux qui allaient m'accabler. La veille de notre mariage un
homme âgé, assez mal vétu, vint me
demander chez M. Dorigni. J'étais
sortie pour faire quelques emplettes avec
Zoé et Azelie. Il déclara qu'il m'atten-
drait ne voulant point dire l'objet de sa
visite. Lorsque je rentrai, je l'apperçus.
Quelle fut ma surprise de reconnaître
M. d'Héricourt! sa vue m'inspira un
trouble extraordinaire. Son accueil fut
très-froid. Par quel hasard, me dit-il,
vous trouvez-vous ici, à la veille de
contracter un himen sans mon aveu?
Je l'informai de mes inutiles démar-

ches pour le découvrir ; de tous les
événemens qui m'étaient arrivés ; de
mes obligations envers la famille de
Dorigni et du vif desir que j'avais qu'il
ne mit point obstacle à mon mariage.
Ce fut en vain. Il m'ordonna de lui
faire parler à M. Dorigni Père. Je le
fis passer dans son cabinet, je n'eus
que le tems de dire à ce respectable
ami : Ah ! Monsieur, je suis perdue !
voici M. d'Héricourt qui vient pour
s'opposer à mon bonheur. En effet,
d'Héricourt lui dit qu'il trouvait fort
extraordinaire qu'il ait osé disposer
d'une personne qui ne lui appartenait
pas ; qu'il était mon seul protecteur, et
que son intention n'était point de donner son consentement à un hymen qu'il
desapprouvait. M. Dorigni, loin de
s'irriter du ton de M. d'Héricourt,
comme il en avait le droit, chercha à le
calmer en lui fesant sentir que l'abandon où il m'avait laissé justifiait ma
conduite ; qu'il lui semblait qu'il avait

perdu tous ses droits depuis l'instant
où il m'avait forcé d'embrasser un
état contraire à ma vocation ; que la loi
m'ayant rendue libre, je devais jouir
de cette liberté. M. d'Héricourt lui répondit avec un ton ironique et plein
de hauteur, s'il faut des titres pour vous
convaincre, apprenez, Monsieur, que
j'en ai. Mademoiselle est orpheline
maintenant, mais elle me fut confiée
par son Père : voici la procuration qui
me nomme son tuteur et me donne
tous les droits sur sa personne. Il lui
fit alors voir cette procuration, elle
était revêtue de toutes les formalités
nécessaires ; il avait eu seulement la
précaution de couvrir d'un papier les
noms de mon Père, pour en dérober
la connaissance à M. Dorigni. La douleur de ce digne homme fut inexprimable, en se voyant obligé de me re-
me remettre au pouvoir de mon tyran.
Il tenta vainement tous les moyens de
gagner sa bienveillance ; il lui offrit

son amitié; témoigna pour moi le plus
touchant intérêt, fit mon éloge dans les
termes les plus forts; mais il n'obtint
pas même de réponse de M. d'Héricourt, qui m'ordonna de faire mes
paquets à l'instant même, et de me
disposer à le suivre. Il fut obligé de
répeter cet ordre plusieurs fois, j'étais
anéantie, le désespoir m'otant la faculté de penser et d'agir. Je sortis du
cabinet et fus me jetter dans les bras de
Mad. Dorigni, les pleurs et les sanglots
m'empêchaient de lui raconter ce qui
m'arrivait, il fallut peu de mots pour
l'instruire. Elle voulut essayer à son
tour d'attendrir M. d'Héricourt et de
l'engager à me laisser chez elle, en lui
fesant la promesse que l'on renoncerait
à l'idée de mon mariage tant qu'il s'y
opposerait. Tous ces soins furent inutiles. Piqué du retard que je mettais à
me soumettre à sa volonté, il témoi-
gnait la plus grande impatience. Je fus
obligée de lui obéir, je chargeai Zoé

du soin de m'envoyer mes effets, j'eus
la présence d'esprit de profiter de l'absence du jeune Dorigni pour quitter
cette maison si chère pour moi. Mon
cœur était brisé, mes adieux furent
muets, je ne pus adresser une seule
parole à mes amis ; leur douleur égalait la mienne et jamais séparation ne
fut aussi cruelle. M. d'Héricourt m'en-
traîna de la manière la plus incivile,
sans même adresser un remerciement
à M. et Mad. Dorigni.

Fin du Tome premier.

www.ingramcontent.com/pod-product-compliance
Lightning Source LLC
Chambersburg PA
CBHW051817020726
47502CB00005B/1496